La realidad distinta

OLGA CASADO

Título original: *La realidad distinta*

Primera edición: Noviembre 2015

www.editorialkolima.com

Autor: Olga Casado
Dirección editorial: Marta Prieto Asirón
Diseño y Maquetación de cubierta: Patricia Fuentes
Maquetación: Rocío Aguilar y Alejandro Juárez

ISBN: 978-84-163644-7-3

A María José y Liah,
que comparten conmigo esta magia.

Indice

I

Mirar las cosas se me dio siempre bien. Cuando digo mirar, quiero decir observar, fijar la vista con el detenimiento e interés suficiente. Me gusta el detalle de todo cuanto me rodea, el detalle de las fachadas de Madrid al caer la tarde, el detalle en el atuendo de cualquier transeúnte que, como yo, cruza la ciudad de extremo a extremo antes que subirse en el metro para ganar tiempo, el detalle en los ojos de alguien a quien quiero, e incluso de alguien a quien apenas conozco.

Camila dice que soy capaz de ver muchas cosas y que perdiéndome en esos detalles soy sencillamente magistral, pero que, mientras siga buscando a través de la mente, no encontraré lo único que estoy buscando realmente. Después calla y sorbe un poco de café o vino blanco, dejando a los demás (a mí en este caso) la interpretación de unas palabras que nunca vienen solas.

Camila utiliza sus jeroglíficos para decir cosas que nunca explica. Pero es precisamente en ellos, en los jeroglíficos, donde sus palabras juegan a despistar lo evidente, donde más me gusta perderme. Ambas tenemos esa especial inclinación a desgranar las ideas como si fueran uvas en racimo; en ellas las palabras son cálices y lo que se vierte allí dentro es el jugo filosofal, uva prensada, fermentación y barrica. Nuestros encuentros no son «reuniones de chicas» sino bacanales dialécticas.

Camila ha llegado corriendo hace tan sólo un par de minutos. Hoy lleva la prisa pegada a los talones y dice que no tiene ganas de pensar sino de sentir... Esta mañana, a pesar de todo, estaba tranquila. Estuvimos desayunando juntas a primerísima hora, cuando las calles aún lucen ese brillito plateado de nostalgia diurna y nos despedimos con ganas de más. El verano invita a detener el instante, a vivir hacia fuera y a observar el acontecer silencioso de lo que las palabras no dicen... Nostalgia, sí, también tiene un poco de eso el verano; es un aura de nostalgia lo que a veces envuelve las calles al despertar la mañana antes de que la vida empiece a narrar sus rarezas.

Pero ésta es otra aureola, la de la tarde, y también otra Camila. Es la que a veces, muy pocas veces, se precipita sobre la silla en lugar de sentarse con ese aire plácido que suele envolverla. Sin ir más lejos, ayer, que estuvimos cenando con su amigo Marcos en esa mesa de al lado donde ahora se hacen arrumacos dos extranjeros de pelo muy rubio y aspecto algo *grunch*; no él y ella, sino el uno y el otro, dos hombres jóvenes que se aman públicamente sin despertar curiosidad ni recelo.

No estoy segura, por cierto, de si Marcos y Camila están teniendo por fin algún lío. Sé que a él le gustaría, eso salta a la vista, y también me consta que es algo de lo que ellos han hablado abiertamente en alguna ocasión; pero intuyo que por ahora la atracción que Camila siente por Marcos no es suficiente para ir más allá. Le frena eso de reconocer en él a otros amantes que ya dejaron su huella. Dice que cuando reconoces en alguien lo que has vivido ya antes, no tiene sentido volver a vivirlo. O eres muy torpe o sabes de sobra cuál será el desenlace. Es una cuestión de aprendizaje. Eso dice. Pero Marcos el incansable sigue al pie del cañón. Reconozco que su tesón me da lástima porque su ego de hombre morirá en las caderas de mi amiga Camila. Será irremediable.

Si algo tiene Camila es poder. Poder para enamorar, poder para enloquecer, poder para romper en diminutas partículas la coraza de cualquier hombre. Lo sabe y mantiene la guardia. Con una sola mirada estaría ya todo hecho, y eso lo sabe también. Por eso no le mira como ella sabe mirar, y por eso no quiere hablar mucho de lo que hoy por hoy tiene con Marcos. Dice que realmente no merece la pena, pero hay cosas que pueden leerse entre líneas. Aunque hace tiempo que

Camila perdió el interés por los encuentros de amor que duran solamente una noche, me temo que el atractivo de Marcos es una invitación sin caducidad de lo más sugerente. Además, él no insiste pero persiste, que es lo que más me fascina. ¡Como para no caer en según qué tentaciones! Algún día, la perfecta Camila, atenta siempre a las emociones ajenas, elevará los párpados y le mirará de una manera distinta.

Lo que pasa es que mi amiga necesita eso que ella denomina «sentido», que en el caso del sexo no le vale en sí mismo porque dice haberlo explorado ya todo, incluso el amor con mujeres, que según ella es el tipo de amor para explorar lo profundo. Lo del «sentido» en realidad me recuerda bastante a lo que yo misma espero, aunque ella esté convencida de que lo mío se llama solamente miedo al amor. Es una cuestión de opiniones. (Esto lo pienso mientras levanto la mano para que Antonio nos acerque un par de cervezas, que es lo que realmente apetece con este calor sofocante que despiden los adoquines de las calles del centro. «*Fa' un caldo infernale*», ha dicho una mujer antes de sentarse hace un par de minutos).

Camila se inclina hacia atrás y parpadea varias veces seguidas como si abanicara el ambiente. Lo hace con cadencia, sin prisa. Parece que al dejarse caer en la silla ha detenido el reloj y ha regresado a su tempo. Respira con placer y comienza un preámbulo que por ahora no dice gran cosa, aunque intuyo que quiere retomar el hilo de esta mañana. Piensa que las relaciones de amor, de todo amor, encierran dolor en cualquier caso, algo con lo que no estoy de acuerdo. Yo creo que algo así no es amor verdadero sino un vínculo de dependencia mutua que nos envuelve y nos ata en relaciones de pareja que al final se convierten en cárceles. Eso fue lo último que argumenté esta mañana justo antes de salir corriendo al salón para atender a una cliente que por algún motivo me recuerda mucho a mi madre. Claro que mamá está cambiando últimamente de tal manera que es como volver a conocerla de nuevo cada mañana al descolgar el teléfono y oír ese «buenos días» cantarín y un poquito estridente que ya se ha convertido en ritual.

A veces me da por pensar que las primeras fases de la vida son para amarse a uno mismo, y que la vejez es la verdadera etapa del amor de pareja. Pero eso también tiene su aquél. ¿Cómo demonios se aprende a amarse a uno mismo sin dejar cadáveres en el camino? Desde luego Camila tiene razón cuando dice que yo no me amaba en absoluto mientras estuve con Max, que la cadáver fui yo. Pero ¿y él?. Max era un auténtico ególatra. Se miraba el ombligo como si allí estuviera el centro del mundo y a los demás nos tocaba vivir en un maltrecho suburbio. No creo que eso sea tanto amarse como ser un miope, aunque Camila me recuerde con frecuencia que la más equivocada era yo porque me olvidé de mí misma.

–¡Maca! –Su exclamación casi me hace saltar de la silla, no tengo ni idea de lo que ha dicho. Me había quedado observando su ritual de «aterrizaje» cuando cambia de ambiente y parece que necesita adaptar todo su cuerpo al nuevo contexto. ¿Hablaba del amor de pareja...? Me habrá catalogado de radical, independentista afectiva que lo llama ella a veces...

–Ya sabes lo que opino de las relaciones, Camila –le digo aventurándome a seguir un hilo que no sé dónde ha dejado.

–Maca, no puedes resumir la pareja en una simple historia de dependencia. Te has quedado en la vuestra.

–No empieces con eso, Camila; no estoy hablando en absoluto de Max. Creo que el verdadero amor sólo es posible a través de la conciencia, eso es todo. -Y conforme termino de pronunciar esa palabra, me pregunto qué significa en realidad, qué composición de hollejo y tanino le da el grado alcohólico, la textura, la densidad, entrada en boca y posgusto. Qué, en definitiva, significa una vez embotellada y servida en mesa, donde yo misma acabo de colocarla: encima de una mesa en la que hoy estamos bebiendo cerveza rubia.

Camila pregunta qué quiero decir y yo permanezco en silencio y recuerdo que hace casi seis años que he eliminado de mi vida el amor de pareja, algo de lo que soy plenamente consciente. (Algo que he elegido yo misma, lo cual me hace pensar que es un acierto porque he descubierto que lo verdaderamente difícil es permitirse elegir). ¿Podría haber dado mayores oportunidades en estos años? Desde luego que sí. Pero no hubiera podido llamarlo amor, sino miedo a estar sola. La soledad es el punto en el que descubrí por qué seguía con Max; incluso por qué estuve con él tanto tiempo a pesar de no contar en su vida como algo más que una posesión atractiva. Nunca tuve una opinión propia que le gustara o le hiciera reflexionar sobre nuestra vida o sobre lo que estaba pasándonos como pareja. En realidad sobre nada. La vida para Max era algo concluido y resuelto. Hasta yo misma tenía destinado un espacio muy bien definido, sin posibilidad de crecer o convertirme poco a poco en otra persona. (¿No consiste precisamente la vida en ir descubriendo quién es uno realmente?) Con Max terminabas por verte como él te veía. Creo que me había elegido tan joven para que tuviera eternamente la misma edad; y no me refiero a lo estético, sino al sentido de emancipación y a la libertad. Tampoco es que lo hiciera de manera consciente, como si ansiara un elemento disecado en la pared del salón. No, eso sería algo injusto. Sencillamente, para Max era impensable amar nada que cuestionara sus elecciones, que no le idolatrara como se adora a un dios. Entonces sí. Entonces, Max era capaz de regalarte el cielo...

Observo el cielo y me invita a escuchar lo que siento. El tiempo ha borrado todo lo que realmente une a otro ser humano. Las imágenes nítidas de momentos felices, los aromas, el tacto... La membrana pituitaria está silenciosa, como si hubiera vaciado su almacén olfativo y no quedara ni la más mínima sensación olorosa. Me pregunto cómo fue en realidad todo aquello. En once años juntos pueden suceder muchas cosas, pero lo que recuerdo sólo supuso renuncia. Claro que al acercarme a Max, de manera inconsciente en realidad huía, y la vida no fluye del mismo modo cuando lo que estamos haciendo es salir en estampida para no sufrir el desastre. No es manera de iniciar nada. Lo esencial de una relación es que tu sentido de ser confluya allí dentro, si no estás perdida.

A mí me costó reaccionar porque al dejar atrás a mis padres era todavía una niña; bueno, es evidente que en sentido literal era una mujer de pies a cabeza, pero en experiencias vitales... no puedo decir que fuera mucho más que una niña enfadada con mi madre, y por algún motivo enamorada de todo lo masculino. Sentía que mi padre era una víctima incomprendida, y creo que ese mismo sentimiento me atrajo hacia Max. Eso es lo que creo... Cuando tus padres parecen odiarse, la necesidad de amor se acrecienta. Es como si necesitaras generar suficiente afecto para quien eres ahora y también para quien has sido. Son necesidades de amor que al final quieren llegar de regreso a una misma. Mi resumen de todo era que mamá no aceptaba quién era el hombre con el que se había casado y a mí aquello me sacaba literalmente de mis casillas. Así es que para mí fue fácil amar ciegamente a Max. Claro que, ciega y todo, al final el corazón tiene claro lo que está sucediendo, y al cabo de los años el pobre se volvió loco saltándome dentro del pecho como si quisiera largarse... Otra huída, esta vez para salvar el poco pellejo que me quedaba encima del hueso, porque la verdad es que me quedé literalmente en el chasis. ¿Qué puedo decir? Me sentí decepcionada muy pronto, pero temía volver. Para entonces la relación con mi madre ya estaba rota y era impensable que pudiera llamar a la puerta de casa como si nada hubiera pasado.

–¿Querida? ¿estás ahí dentro o me has dejado tu cuerpo? -Camila vuelve a sobresaltarme pero esta vez no brinco en la silla, me limito a mirarla y sonrío.

–Si, cariño, perdona... Pensaba en Max y en lo que...

–¿Otra vez? ¡Maca, han pasado seis años!

–No es eso, no te preocupes –le digo con una tranquilidad que llega a sorprenderme, y que me hace pensar que la memoria ha puesto orden a un montón de vivencias que andaban revoloteando desorientadas–. Siento que han pasado no seis, sino cien.

Camila sonríe y mueve ligeramente la cabeza hacia un lado como si hubiera sentido alivio con mis palabras.

–Pensaba en el dolor –le digo–, en cómo lo aceptamos como si fuera parte del juego de amar cuando en realidad sólo es miedo a estar solos. Creo que nos asusta todo lo que nos hace mirarnos, ¿no te parece?

Camila sostiene la jarra de cerveza con las dos manos como si los dedos abrazaran el cristal, mientras sus codos permanecen apoyados sobre el tablero de la mesa. Es un gesto donde la jarra podría no estar, porque también suele colocar los brazos en esa posición uniendo las yemas de los dedos de ambas manos mientras medita con detenimiento antes de contraatacar con algún argumento ingenioso. Aunque con ciertos matices, Camila piensa lo mismo que yo: que ansiamos una felicidad completa a pesar de que nos hayamos acostumbrado a vivir sólo a medias. Yo creo que esa perfección se busca hacia dentro y ella opina que lo que hay que hacer es vivir sin pensar en las consecuencias, que no hay nada malo en intentarlo una y otra vez aunque una se arriesgue a sufrir. Sólo probando se acierta. Eso dice mi querida Camila que también ha dejado de lado a los hombres... Ella piensa que, de algún modo amar, siempre duele, siempre tira de nosotros y nos arranca poco a poco la piel, que en realidad es una capa que hay que quitarse de encima porque nos separa de las emociones reales. Piensa que únicamente cuando ha dolido lo suficiente, el amor es amor de verdad y uno empieza a ir por la vida desnudo, sin trampa ni cartón, y sin máscara bajo la cual lo que hay es un océano tremendo de lágrimas.

–Sobra ese rollo de la conciencia, querida –dice por fin–. Sobra porque amor es una palabra aún más grande... ¡Amor es amor! –exclama con teatralidad–. De hecho, lo que sobra es tanta palabra para definir algo tan sencillo, ¿no crees? Lo digo en el mejor sentido del término, ya lo sabes.

–Sí, sí, lo sé –asiento, consciente de que ahí sí tiene razón. Amar debería ser tan simple como vivir, pero ni lo uno ni lo otro es en absoluto sencillo. Giro instintivamente la cabeza y miro a nuestro alrededor. No sé qué es lo que busco, quizá evidencias de lo complejo que es todo cuanto rodea nuestra existencia. En realidad no veo nada salvo el jaleo veraniego que se forma en las calles cuando el sol declina. Me empeño en explicarle a qué viene tanta insistencia en que lo amoroso, teñido de experiencias hirientes, no es más que un sucedáneo del amor verdadero, ese intercambio sencillo que nace de la verdad que sentimos hacia otra persona. Le digo que no lo coja al pie de la letra, que no es que me queden traumas por el amor infecundo que observé en mis padres y me dejó todas estas teorías que, según ella, boicotean mi vida–. Lo que yo creo –le digo con cierta sensación de cansancio que posiblemente llega de la mano de los recuerdos–, es que quien acepta una relación dolorosa, con frecuencia no sabe que lo que siente no es amor sino dependencia. Pero intuyo que hablamos de cosas distintas...

Ahora me detengo un instante y me pregunto si es eso exactamente lo que pienso. Por ahí van los tiros, pero sé que todo en la vida tiene matices. Me atrajo mucho la idea del amor como programación celular que desarrolla Punset en su libro *Viaje al amor*. Al leerlo, estaba en plena lucha conmigo misma mientras lloraba la ausencia de Max, una ausencia que provoqué yo pero que hubiera deseado que él enmendara. Al final decidí que un tratado sobre los cimientos del amor me ayudaría a comprender mi grado de dependencia (y reconozco que me sirvió para rebelarme ante la idea de estar programada para rendir mis células a los pies de cualquier macho alfa). La idea de la programación celular llegó a enfadarme, lo reconozco, pero fue un enfado catártico que puso un antes y un después a nuestra ruptura. ¡Desde luego no estaba dispuesta a que nada microscópico decidiera por mí!

–¿De verdad no crees que el amor... no sé cómo llamarlo, ¿último?, ¿definitivo?, ¿profundo? El amor plenamente consciente... –Mientras hablo, siento que necesito la paz que genera haber llegado al final de un viaje, solo que quiero haber llegado cuanto antes, y esa urgencia origina cierto desasosiego vital–. Camila, ¿no crees que algo tan puro no puede doler?

Tal vez tiene razón y todavía siento miedo. Me doy cuenta de que por algún motivo insisto en abordar el dolor. Rechazo la idea de sentirme herida tanto como la posibilidad de estar junto a alguien para tapar agujeros. Por ahora estoy bien como estoy. Camila me mira como si mirara en realidad mis palabras. *¿Último, definitivo, consciente...?* Las mira y se pregunta si están de acogida en casa o son una adopción definitiva y en toda regla. Sí, reconozco que vengo dándole vueltas a cómo hacemos las cosas. ¿Somos realmente conscientes?

Ahora inclina la cabeza y permanece dubitativa. Su expresión dice que no está en absoluto de acuerdo. Sé que en algún punto lo está pero quiere sacarle punta al lapicero porque eso le da pie una vez más para cuestionar lo que estoy haciendo yo con mi vida. Le he dicho mil veces que sé muy bien dónde me quedé, y también dónde me encuentro ahora, aunque ella insista en que la historia con Max me dejó tan marcada que por eso veo el amor como lo veo. Con este pesimismo vital, dice ella... Su resumen es que espero a ser vieja para lanzarme a vivir. Dice que huele a homicidio, no sabe si involuntario, porque es evidente cómo he matado todo lo que vibra aquí dentro.

—¿Sabes cuál es el problema de fondo, Camila?

Me mira a los ojos y arquea levemente una ceja. Tuerce los labios dibujando una mueca de escepticismo y enseguida levanta la barbilla ligeramente en un gesto que quiere decir *¡sorpréndeme, venga!*

—El problema es que no sabemos ser libres...

La mesa queda en silencio. Cálices cristalinos tintinean en el ambiente seco de este atardecer de verano. De repente, las conversaciones vecinas se filtran en el aire que compartimos todos, y un aluvión de aromas nos inunda la mesa de racimos en plena vendimia. Aromas que arrojan las conversaciones dispares fundidas en un zumbido de moscardón. Es el jugo filosofal de nuestras cabezas pensantes. La cosecha está ya servida, uvas arrebatadas aquí y allá que componen un ligero *Beaujolais nouveau*, inmaduro y simplón para los doctos filósofos en simposio, pero inspiradamente rojo, escaso en tanino y fuertemente afrutado. Le pone un matiz sugerente a cualquier idea bobalicona.

—Puede que en eso si tengas razón, cariño. El desapego es tan necesario como amar con locura...

—Pero yo no he hablado del desapego aún, ¿es que me lees la mente?

—¡Ja, ja, ja¡ Ya sabes que sí —responde con un guiño de ojos—. Pero espera, déjame hablar. Lo que quiero decir es que... —Se detiene y da la sensación de que recula ligeramente para arremeter con más ímpetu.— ¡Maca, no es posible saber de amor sin amar como un inconsciente! —Y en esa exclamación Camila resume la génesis de la vida.

Permanezco en silencio durante unos instantes. En ocasiones suceden cosas que te llevan más allá de la mente. Necesito sentir, no entender. Sentir lo que acaba de hacerme la palabra *inconsciente*. ¡Amar como un inconsciente! Es una verdad como un templo que se ha posado como una nube en el centro de todos mis argumentos y me ha dejado sin contraataque dialéctico. Amar así no tiene nada que ver con todo lo que hemos dicho. Hasta mi locura de amor hacia Max fue racional, porque me decía a mí misma «¡estás loca por él!», que era como ese mantra que repites para que se le quede grabado a tu subconsciente. Subconsciente, consciente, inconsciente... Hay palabras tan vivas como torrentes de agua, palabras que se llevan el pensamiento turbio y te dejan a corazón abierto. Camila tiene la bendita facultad de sacarme las divagaciones de cuajo y llevarme de vuelta hacia el alma. De ahí ya es difícil salir. Recuerdo que alma es una palabra que papá detestaba porque aborrecía los conceptos basados en la fe, y decía que de todos ellos el concepto de alma era con mucho el peor, un concepto infernal que paralizaba la acción del hombre. No es cierto en absoluto, aunque he tardado años en desvincularme de su visceralidad hacia todo lo místico.

–Lo que yo entiendo por amor –añade mientras observa la mesa de los dos hombres en actitud de afecto que continúan ajenos al mundo que gira a su alrededor; parejas que se levantan, amigos que llegan, niños que juegan en uno de esos parques urbanos creados a base de hierro que no se parecen a nuestros parques de ocio, los de madera, los de mi infancia... –El juego de amar duele siempre en mayor o menor medida, Maca. Otra cosa es sufrir por amor; sufrir por cualquier causa que escapa a nuestro control... La vida es un juego y el amor es su argumento central. Jugamos a vivir para aprender a amar, y cuanto más escondidos vivamos de la realidad dolorosa que abre la puerta al amor con mayúsculas, más tarde comprendemos la realidad de la vida...

Vuelve a detenerse. Camila es la mujer más observadora que he conocido. Tiene esa elegancia que mira sin ofender, sin perturbar ni invadir... Cuando cruza miradas siempre sonríe, y después aparta delicadamente la vista.

–¿Sugieres que vivo escondida? –le pregunto algo inquieta.

–Bueno, cariño, ya sabes lo que pienso..

Camila deja caer los hombros y mira hacia lo alto, donde se detiene como si se hubiera ausentado físicamente. Cada uno tenemos nuestra forma particular de evocar. Ella lo hace mirando hacia la esquina derecha de algún plano invisible por encima de su cabeza. Sin embargo, a veces pone la vista por encima de la mía como si me colocara un sombrero y tira una línea recta entre sus ojos y mi cabello que al principio de conocernos me hacía incomodarme por la insistencia con la que mantenía la vista en mi pelo; me sentía despeinada y me llevaba instintivamente la mano para atusar y poner orden a mi cabello. Ahora sé que ella piensa también de ese modo y que la vista al frente, justo esa que al principio de conocernos accionaba el movimiento automático de mi brazo, es la mirada al recuerdo, a la evocación. Cuando mira al frente por encima de la cabeza de quien tiene delante, Camila está recordando.

Es cierto, sé lo que piensa: que soy una terrorista involuntaria; pero sólo porque según ella hay una gran diferencia entre no mirar a los ojos y estar ciega como un pobre topo, que sería mi caso. Le digo que lo que en realidad no soporto de las relaciones es la parálisis que conllevan, que al menos debe estar de acuerdo con eso, e insiste en que cada uno ve la vida como le resulta más cómoda, y que a mí lo que me resulta cómodo es salir corriendo cada vez que se me abre una ventana al amor.

II

Lo que más llama mi atención sobre la actitud de Camila es la facilidad con la que vive el presente. Aboga en defensa de la pareja y, sin embargo, hace años que vive sola; y en su soledad, Camila es una mujer inmensamente feliz. Lo suyo no es apariencia de felicidad sino una verdadera y profunda alegría de estar en el mundo. Su padre es abogado, aunque hace ya algunos años que dejó el despacho en manos de un socio mucho más joven, y su madre es profesora de dibujo en la Facultad de Bellas Artes de Barcelona y miembro de número de la Real Academia Catalana de Bellas Artes de Sant Jordi. Una delicia de mujer.

Camille, la madre, es francesa de muy buena familia. Creo que incluso vieron con cierta suspicacia su relación con el padre de Camila, porque el hombre se pagaba sus estudios trabajando en un bar y eso generaba a madre de ella cierta preocupación sobre el futuro de su hija. Eso dice Camila, aunque es más que probable que el verdadero germen del rechazo fuese un sentimiento de esnobismo de clase alta francesa. (Esto es algo que no puedo afirmar de manera rotunda, pero que intuyo por lo que he he sabido de sus padres a través de Camille). Lo cierto es que a la vuelta de los años nadie diría que el señor (porque Arturo, el padre de Camila, es todo un señor) comenzó sirviendo cervezas a los turistas.

Por el contrario, a Camille le pagaron los estudios en la Escuela Nacional Superior de Bellas Artes de París, y más tarde pudo viajar a Italia para doctorarse en dibujo y grabado por la Academia de Bellas Artes de Brera. A mí me apasiona el arte aunque me reconozco ignorante, de ahí mi especial inclinación hacia esta señora y su delicado aire aristocrático de importación. Viene a Madrid con frecuencia, aunque insiste en que la mía es una ciudad de incultos. Sin embargo (eso dice) a nivel institucional sí viene realizándose un esfuerzo por convertir la ciudad en uno de los principales exponentes de la cultura en Europa, y aunque todavía persiste la indiferencia popular por el refinamiento artístico, Madrid está cambiando y merece la pena ser testigo del cambio...

Cuando viene a vernos siempre me sumo a su agenda de ocio. Es habitual que haga coincidir sus viajes con eventos de obligado cumplimiento para alguien de su influencia, pero suele avanzarnos por correo electrónico una pequeña lista de irrenunciables que merece la pena visitar a su lado. ¡Y es que un museo de pintura junto a Camille es otra experiencia!

La semana pasada estuvimos en la exposición sobre Turner que ha inaugurado el Prado hace unos días, «Turner y los Maestros». Ella hubiese preferido asistir a la inauguración en la Tate Britain de Londres, pero ha tenido que postergarlo por cuestiones de agenda y al final ha optado por esperar a que llegara a Madrid, pero sólo porque el anfitrión es El Prado... ¡La exposición es una auténtica joya! Tengo que reconocer que no tenía la menor idea de quién era Joseph Mallord William Turner, y mucho menos de la influencia que los viejos maestros de la pintura europea han supuesto para su obra. Esto no tendría la menor relevancia para alguien como yo, desde luego, si no fuera porque Turner resulta ser uno de los principales precursores de la pintura impresionista, ¡y yo adoro el impresionismo! Ha sido todo un descubrimiento, lo reconozco. Cada vez disfruto más de esta señora con aire esnob y mirada vivaz, cuya presencia jamás deja indiferente. Cuando ella no está, tiro de Camila, que es como una versión menos refinada pero más auténtica, más *si-misma*, que digo yo.

Camila es hija única, muy unida a su madre, y al final, tuviera su padre que hacerse a sí mismo o no (lo que para mí, dicho sea de paso, sólo cuenta méritos), lo cierto es que se ha codeado con lo mejor de la sociedad catalana. Estudió en un internado en Andorra donde aprendió a hablar y escribir perfectamente catalán, inglés, francés y español. Es licenciada en Derecho, pero nunca llegó a colegiarse; ¡detesta la abogacía! Durante años se dedicó a viajar por el mundo tomando instantáneas en blanco y negro y después montaba sus propias exposiciones donde fusionaba diferentes manifestaciones artísticas bajo un mismo epígrafe: «Muestra de sentido común número tal».

En realidad nunca necesitó vivir de la fotografía ni de ninguna otra cosa. Camila ha nacido con una asignación bajo el brazo, como otros venimos al mundo con un simple pan. Aunque no creo que esto defina en absoluto el tipo de mujer que es mi querida Camila, y hace ya años que la conozco. Al cabo de un tiempo, después de haber visitado ya medio mundo y de haber expuesto fotografía por toda España y buena parte del país galo (al que por cierto no se siente tan afín como a Cataluña), Camila decidió dedicarse a la jardinería y compró un pequeño esquinazo en el centro de Madrid consistente en unas pocas ruinas y un patio que pudo ser claustro, y lo convirtió en un vivero en pleno corazón de la ciudad. Otros en su lugar hubiesen tirado del patrimonio familiar para levantar un bloque de viviendas y hacer una serie de apartamentos de diseño, pero ella no, a ella se le ocurrió la excéntrica idea de abrir un vivero. ¡Es lo más anacrónico que he visto nunca!, un pequeño pulmón en medio de la contaminación y el caos que sigue su propio tempo, como un personaje aparte. Camila, hoy, es una mujer de cuarenta y un años que cultiva frutales enanos y un singular conjunto de variedades vegetales en plena urbe. Y lo más sorprendente de todo es la felicidad que desprende al hablar de su vida. ¡No conozco a nadie más conectado a todo cuanto le rodea! En realidad es de esas pocas mujeres que ha logrado hacer de su pasión una forma de vida, y al final eso se nota en su modo de hablar, en el brillo de sus ojos, y hasta en su forma de moverse.

Sin embargo, si de algo no puede hablar mi amiga Camila, es precisamente de dolor en las relaciones, porque lo cierto es que, como ella misma dice, jamás sufriría por amor. ¡Camila se quiere demasiado para algo así! De manera que cuando habla del dolor como algo inherente al amor romántico, creo que lo que en realidad hace son concesiones a la realidad de los otros. ¡Es tan generosa que busca comprender hasta las razones del más zafio!

Lo cierto es que toda esta cuestión del dolor amoroso comenzó esta mañana a la entrada del vivero. Ha sido un inicio anecdótico que ha surgido al ver pasar a un hombre joven, de unos treinta y cinco a treinta y siete años, con un aspecto discretamente gay, de los que insinúan sólo para el ojo entrenado. El pobre estaba literalmente fuera de sí y gritaba al teléfono, ensimismado en su propia tragedia, completamente ajeno a mí, a Camila y a los pocos transeúntes que circulan por esta calle una mañana de agosto a esas horas. Debían ser algo más de las ocho... «¡Me castigas!» Ha dicho de pronto, ha llamado al otro «puta», y después ha colgado el teléfono y ha estallado en un llanto desesperado y profundo, un llanto de caverna, con su eco y todo. Nos hemos mirado y Camila me ha invitado a caminar para dejarle solo. Marcharse de la calle para dejar solo a alguien me ha parecido un gesto extraordinariamente gentil. Hemos ido a tomar un café y hemos recreado la historia del amante despechado; y así es como hemos llegado varias horas más tarde a este debate sobre el amor, el miedo a la soledad y el dolor consentido.

En mí es habitual quedar enredada en conversaciones eternas que no buscan en realidad llegar a ninguna parte. Soy de naturaleza argumentativa y llego a embarcarme rápido en discusiones aparentemente triviales a las que doy un giro repentino que busca profundidad donde los demás en general sólo quieren pasar un buen rato. Reconozco que tengo una tendencia morbosa a darle la vuelta a las cosas para que ofrezcan perfiles inesperados que invitan a llegar más allá. Lo hago sin preguntar, por sorpresa, y a veces quedo enfrascada en conversaciones larguísimas que no tienen un desenlace aparente ni conducen a ningún lado, lo sé.

–Sigo pensando que el amor es como un renacimiento interno hacia un nuevo tú cada vez –dice Camila mientras acaricia el cristal de la jarra con la yema del dedo índice–. No hay nada convencional en ello, aunque sí en los compromisos que podamos llegar a adquirir; pero el sentimiento, el amor que te vincula a otro... eso es como la caja de los vientos, querida, el cofre de Pandora: de pronto se abre la tapa y el vendaval está de nuevo servido.

–¡Adoro tus metáforas!

–Maca, estás perdida. Me temo que quieres tener bajo llave algo que es patrimonio del alma. Podrás ponerle toda la conciencia de que seas capaz, pero cuando te llegue mandarás a Buda al carajo, ¡créeme!

–¡Ja, ja, ja, ja!

La miro divertida y ella guiña un ojo. «Eres una traidora», le digo cariñosamente para recordarle que de nuevo estamos hablando de mí, de mi ceguera de topo que muere de miedo ante la idea de amar. ¿Qué quiere que le diga, que tengo miedo? ¡Ni siquiera lo sé! Eso es confesar el delito antes de cometerse el delito, un «he sido yo» por si acaso... He descubierto mis propias carencias cada vez que culpaba al otro, eso es todo. Y al observar, al escuchar a los demás narrar sus desventuras de amor, siempre llego a la conclusión de que todos hacemos agua allí precisamente donde nos duele querer. Pero los hay que después rompen, sufren la ruptura, se desgarran por dentro y por fuera, y al cabo de un tiempo encuentran un poco más de lo mismo, un calco de lo anterior, la misma dinámica, igual dependencia, los mismos dolores y a fin de cuentas las mismas quejas... ¿No es el amor sano un tema de conciencia?

–¡Terminarás dándome la razón aunque te pese! –exclama con un esbozo leve de risita traviesa.

Camila es mi compañía predilecta a la hora del desayuno y también, como ahora, a la caída del sol, cuando lo que apetece es sentarse a tomar algo fresco y charlar hasta bien entrada la noche sobre nuestro tema de conversación favorito: la gente. No somos dos chismosas cualesquiera que le miran el plumero a todo el que pasea por la acera de enfrente, pero a ambas nos apasiona el universo interior del ser humano, y es ahí donde podemos pasarnos las horas muertas. Además, da la bendita casualidad de que la esquina del vivero se ha convertido en un lugar donde todo acontece como en un escenario teatral, un pequeño circo de variedades colorista y excéntrico que cada día brinda oportunidades nuevas para imaginar lo que se oculta detrás de la máscara. Porque si en algo estamos ambas de acuerdo es en que la mayoría vivimos detrás de una máscara...

III

Me llamo Macarena. Esto es empezar del revés las cosas, lo sé, pero no he podido evitarlo. Contar lo que uno ve te lleva adelante y atrás o te da vueltas como un carrusel. ¡Hay que ver lo circular que es la vida! En todo caso mi nombre no importa, salvo por lo que significa para mí llevarlo a cuestas como un apéndice que no es mío. ¡No sé por qué demonios me pusieron Macarena como la virgen sevillana! De católica no tengo nada, ni siquiera un recuerdo, y mis padres no nacieron en Sevilla ni tenemos ascendencia sevillana, al menos hasta donde me alcanzan los datos... Mi padre era republicano, aunque le diera por insultar a la izquierda y llamarles a todos «sarta de vendidos». Se negó a que yo estudiara en las monjas, a que me bautizasen o hiciese la comunión, o me casase por la Iglesia como manda «Diosnadie». Durante un tiempo, coincidiendo con esos años en los que la personalidad es sólo un desordenado proyecto, quise ser monja de clausura. ¡Nada de medias tintas, directa al cuello! ¿Por qué nos empeñamos en sacarle punta hasta a la educación más liberal? En el fondo, y aunque la derecha estuviese prohibida en casa, mi padre me ayudó a pensar libremente, y gracias a él no estudié ni letras ni ciencias, me quedé justo en el medio. Soy asesora de imagen -peluquera para ser exactos-, pero lo cierto es que mi profesión es sólo una tapadera: se me ha metido en la cabeza la idea de una exposición de mechones de cabello en la que pretendo vincular de manera anónima las historias personales de todos los que he peinado desde el año noventa y ocho, cuando abrí mi salón en la calle Argensola. Calle Argensola, sí, sé que lo primero que viene a la mente es la palabra «tendencia», pero es cierto que por mis manos no pasa cualquiera.

Me llaman Maca desde que impuse la ley seca a todo el

que volviera a pronunciar en mi presencia el nombre completo o apodos que sonaran *freaky*. Hasta entonces, la familia me llamaba *Michi*. ¿¡No es bochornoso!? Eso a excepción de un primo segundo que me llamaba Macaria sólo para hacer sangre. Menos mal que ese núcleo fue mermando y al final nos quedamos tres, mis padres y yo, y a ellos fue fácil convencerles de que más *Michi* acabaría conmigo. Así es que se terminaron para siempre los nombrecillos jocosos, y del noventa y ocho hasta hoy, he sido solamente Maca.

Mi padre murió hace casi tres años y desde entonces mamá se ha restaurado integralmente y tiene cincuenta y ocho años que no se cree nadie. Se ha operado el pecho, se ha exprimido los últimos disgustos de su etapa de mujer casada a base de dieta y yoga, y ha compensado la frivolidad con una profunda convicción espiritual sobre el equilibro del alma y el cuerpo que todas las mañanas pone en práctica yendo a rezar a la iglesia de San Francisco el Grande. De ponerse una etiqueta –cosa que odia profundamente– mamá se declara «cristiana liberal o viceversa» (lo de viceversa lo dice ella porque no tiene claro en qué orden quiere los conceptos) y vive, también desde hace casi tres años, en la quinta planta de un edificio histórico en la Carrera de San Jerónimo, en pleno centro del Madrid que mejores recuerdos le trae.

Su necesidad de recuerdos que sólo son de ella puede ser la clave de lo que ha pasado estos últimos años, que no entiendo por más que la busco, le pregunto, me arrimo mientras ella últimamente sólo se escurre y me evita. Los recuerdos que me quedan a mí de la familia que éramos tienen el sabor de las naranjas amargas. Son una deliciosa inspiración a los ojos y un horrible impacto en la boca. ¿Se llevaban mal? No, esa lectura es muy simple; sólo eran un ejemplo vivo de mi teoría sobre la parálisis relacional que llamamos «amor». Mamá se dejó de un lado, y papá se dejó del otro, hasta que un día comenzaron a escupirse culpas a bocajarro y ya no hubo

Dios que enmendara aquello.

Los quiero a ambos, a papá en su recuerdo y a mamá en su cristiana superficialidad con algunas pinceladas de compromiso social. Duele el recuerdo pero los quiero y ya está; para mí es inevitable hacerlo. Me gustaba el continuo rezongo de papá, siempre reprochándole a la izquierda la falta de compromiso y la intelectualidad barata. Decía que en España habíamos evitado la verdadera revolución que hizo de Francia una nación de los pies a la cabeza, a pesar del nuevo rumbo que, según él, tomó el país desde que la derecha llegó a la presidencia; lo cierto es que las bases de nación grande las sentó la izquierda, y por «eso da gusto perderse en París»; eso decía... «Pero aquí, aquí la izquierda se compone de vagos y vividores, unos aprovechados del ideario social de la Primera República, pura mentira de izquierdas; ¡prefiero a los otros!»

Me gustaba oírle, sobre todo cuando decía que comenzaba a preferir la derecha descafeinada y después le tiraba de la lengua a mamá y la culpaba a ella de haber aligerado tanto su ideología, que ya no era la sombra del republicano puro que le hizo mantenerse proletario toda la vida... (proletario en el alma, claro, porque siempre culpó a mi madre de haber sucumbido al sistema sólo por ella, hasta llegar a convertirse en el ecuador de su vida en otro capitalista más). Se fue hace tres años y me dejó una cuenta corriente y una biblioteca donde uno puede encontrarse a Carlos Marx y a Rabindranath Tagore en un mismo estante (por cierto, yo también soy hija única). La tengo tal cual la dejó, y tal cual me la llevé a casa. Es una librería de madera decapada en blanco que empasta muy bien en cualquier parte, y alberga unos doscientos o doscientos cincuenta libros minuciosamente escogidos. Nunca los he contado. Supongo que algún día comenzaré a ojear seriamente su contenido, pero por ahora sigo enfrascada en mis propios descubrimientos en el campo de la lectura; tengo una teoría propia a este respecto y por el momento todo funciona.

La mía es la teoría del pálpito: entro una vez al mes en La buena vida, La Fnac o la Casa del libro y cojo lo primero que me llama; «me llama» significa que «conectamos» el libro y yo, algo se produce entre nosotros, de manera que me lo llevo a casa y lo devoro en busca de respuestas... Y aunque a veces he llegado a comprar verdaderos infumables que dejo en algún árbol del Retiro para que puedan correr mejor suerte quizá en otras manos, en líneas generales mi método funciona: siempre hay respuestas.

A mamá también la quiero, pero se ha empeñado en cultivar un esnobismo que no entiendo en absoluto. Sé que guarda un mundo interior riquísimo en algún remoto esquinazo de su cuerpo perfeccionado, que ahora mantiene a base de *kundalini* y una dieta ovo-vegetariana con alguna incursión de ibéricos por absoluta prescripción médica. En realidad, lo suyo no es superficialidad en sentido estricto; mamá, simplemente, se niega a pensar. Creo que han sido los años al lado de mi padre los que le han quemado las neuronas y ahora necesita concederse tratamientos ayurvédicos que le permitan recuperar su gastado equilibrio cuerpo-mente. Esto no es ironía, mamá no quiere pensar y punto. Y como no quiere pensar, no hablamos de lo que a mí me interesa sino más bien de lo que le interesa a ella.

Desde que somos solamente ella y yo, solemos comer juntas todos los martes y jueves en alguno de sus vegetarianos favoritos, y tres o cuatro veces al mes vamos de compras o al cine; mamá me cuenta sus cosas y yo le doy besos y sonrío todo el tiempo. Esto es porque la adoro a pesar de no poder divagar con ella como Dios manda. Aunque para eso ya tengo a Camila.

Hoy es martes, día veintiséis de agosto de dos mil catorce. Me ha llamado temprano para adelantar la comida media hora, así es que nos hemos encontrado a las dos menos cuarto en la puerta del restaurante.

«*Hola, Marisa*», le he dicho con sorna. Nos hemos dado un beso y hemos tomado algo en la barra mientras le contaba mis últimas noticias desde que no nos vemos, prácticamente nada. Hace diez minutos que nos han sentado a la mesa, son las dos y doce minutos y aún no ha abierto la boca. La noto inquieta, mira alrededor como si esperara alguna noticia. ¿Qué demonios le pasa?

–Estoy enamorada –dice de pronto.

–¡Mamá! –exclamo únicamente con un tono de voz que expresa reproche, turbación, incredulidad y sorpresa, todo unido en un gazpacho de sensaciones que acaba de merendarse las ganas de ingerir nada sólido.

Mamá gira la cabeza como si tal cosa y levanta la mano para llamar a la camarera. Ha soltado la bomba y se ha quedado tan ancha. ¿¡Que está enamorada!? ¡Acabáramos! ¿Pero cómo y de quién? ¿Desde cuándo? Desde que papá se marchó no ha parado de hacer cosas raras. Ahora me asalta en mitad del aperitivo y me dice que se ha enamorado, cuando ayer cantaba a la liberté. ¿Cómo quiere que me tome esto? No es que la considere fuera del mercado pero... ¿De dónde demonios ha salido un amante? Ni siquiera ha sonado romántico, idealista o bobalicón. Lo ha dicho de la manera más pragmática: «Enamorada. Lo estoy». Como una declaración de principios.

–Estás tomándome el pelo, ¿no es cierto? –le digo aferrándome a la esperanza de que se haya levantado con ganas de sacar su lado más cómico.

Me mira con extrañeza y echa mano de su vaso de Vichy Catalán.

-¡Pero mamá! –digo con mucho más ímpetu–. Imagino que estás bromeando... –En el fondo de mí sé que estoy a punto de asaltar el corazón de mi madre como una cuatrera, pero aún así me lanzo con la misma ansiedad que un náufrago al aferrarse a los cascotes de la esperanza–. ¿Y de quién, si puede saberse? ¡Decías que en la vida volverías...! –me doy cuenta de que estoy a punto de reprocharle de nuevo el pasado y me detengo a tiempo de encontrarme con sus dos ojos mirándome fijamente, sumergidos en extrañeza–. ¡Mamá, venga ya! El enamoramiento es sólo una ensalada de hormonas, ¿recuerdas? –Lo digo con retintín, porque es una frase de su pasado que a buen seguro ha mandado al exilio para que no estorbe.

¡Lo que no soporto es el dichoso recurso al amor! ¿Por qué nadie espera un poco antes de llamar amor a cualquier encuentro de cuerpos necesitados de afecto? Mi madre es mi madre, de acuerdo, veintitrés años más adulta si es que puede calificarse de modo secuencial lo maduro que está uno para abordar la vida; pero es que durante estos tres años mamá ha retrocedido a la etapa que debió saltarse cuando se casó con mi padre. Tiene ideas de lo más insólitas, como si vivir fuera un hilván que sostiene meros impulsos por la punta y el resto lo deja al aire; vira como un velero sin timonel segura de que el viento sopla para que ella baile. Sé que Camila le hará una fiesta, pero yo tengo un disgusto en este instante que no voy a poder con la comida.

–Es maravilloso y ya está –responde queriendo dar por zanjada la charla.

–¡Ay, señor! Mira mamá, que conste que no estoy dispuesta a...

–¡Lo adoro! Si supieras quien... –De pronto se calla y parece pensativa–. En fin –prosigue–, le he contado todo de ti, que peinas a todas las cabezas que salen en pantalla, que eres una especie de filósofa encubierta, y eso de los mechones que te gustaría hacer...

–¿Lo de los mechones? Mamá, lo de los mechones era..

–Es discreto. Y en todo caso tienes suficientes pelos ya para ponerlo en marcha de una santa vez...

¿Pero qué...? ¿Es que mi madre no piensa? ¡Pues no! ¡No

piensa porque no le da la gana y punto! Necesito ir a ver a Camila para desahogarme. ¡¡Está hablando más que en su vida!! Creo que está describiéndole de arriba abajo pero no puedo prestarle atención. Lo habitual en estos casos es que la enamorada lo vea todo menos su propia carencia, que proyecta en la expectativa de nutrición por parte del otro. Lo que ahora quiere el subconsciente de mi madre –porque ayer era una cosa distinta– es que un hombre le cubra las necesidades de amparo masculino; el yang de su yin o algo por el estilo. En mi opinión, debería equilibrar antes su masculino-femenino y eso le facilitaría el camino para encontrar un hombre con su masculino-femenino en perfecto equilibrio... Una vez traté de explicárselo con un diagrama de integración de polaridades, y ella me contestó que si tenía que esperar tanto tiempo le tocaría cambiarse las prótesis y que no estaba la vida para perder tiempo. Que debería tomar nota y empezar a vivir yo también. Mi madre era realmente profunda hasta que dejó de serlo y ahora es superficial solamente.

–¿Me oyes, hija?

–Sí, mamá, me alegro por ti...

¿Qué voy a decirle? He hecho un intento por detener todo esto y ni siquiera me ha dejado terminar una sola frase. Cuando la apariencia de amor roza los genitales ya no hay quien lo pare. Después suele llegar el cariño, casi a la vez que los desencuentros, y entonces se nos desmorona el castillo. Se lo he dicho ya por activa y pasiva, a derechas e izquierdas porque el centro no lo entiende ni ella ni nadie, pero no hay manera, la ilusión de amor es el más apasionante de los sueños y la más violenta de las caídas...

–Vamos a organizar una cena en el *loft* dentro de diez días exactamente.

El *loft*. Ella lo llama el *loft*, con un acento marcadísimo en la única vocal de la única sílaba. Sí, vive en lo que hoy llaman un «loft», pero nada industrial, en pleno centro, una vivienda que ha terminado de reformar ella misma, donde todo está más o menos unido en un mismo espacio de ciento quince metros útiles, ochenta de los cuales destina al salón.

Dice que siempre ha tenido complejo de salón, que no había manera de organizar una cena decente donde la gente pudiera moverse cómodamente, todo por la ridícula manía de mi padre de vivir como un proletario. «¡Eres un ruso bolchevique!», le decía... Para entonces, mamá pensaba y mucho, tanto como leía; puede que lo hiciera sólo porque necesitaba reafirmarse frente a papá, ¡y todas aquellas ideas sobre la izquierda que siempre hacía suyas! ¿Cómo rebatirle sin saber de qué hablaba? Pero ahora, lo que mamá tiene en su librería decapada, esa que está junto a la mía en el antiguo salón de casa, son todos los ejemplares del *Arquitectural Digest* de los últimos dos años. Reconoce que sólo le interesa leer sobre diseño de interiores y que quiere especializarse en diseño de miniaturas de jardín zen para que todo el mundo tenga en casa su pequeño «pulmoncito» antiestrés, y que por eso pasa últimamente tanto tiempo en el vivero... ¡En el fondo la idea me encanta! Aunque creo que uno no puede quedarse sólo en la nutrición espiritual que le brinda una aproximación de jardín japonés. Hay que ir más allá, hacer todo el ejercicio, como decía papá cuando hablaba de la simpleza con la que la prensa aborda las cosas; llegar a conocerse profundamente, aunque luego destines tu tiempo de ocio a regar las plantas... Camila está de acuerdo con mamá; por eso abrió el vivero y dejó de exponer «Muestras de sentido común». Comprendió el vacío de la mente igual que mi madre, o así es como lo resume; y aunque Camila sigue leyendo cosas razonables, destina su energía a mimar sus frutales y a organizar jornadas de meditación al aire libre los sábados a las ocho de la mañana. Camila conecta con mi madre tanto como yo con la suya; por eso ellas hablan de miniaturas verdes, mientras Camille y yo valoramos la pintura de los grandes genios y el dramatismo interior del artista...

–Será un *bufé*, unas veinte personas, para que cada uno tenga cuatro metros cuadrados a disposición, de los que, descontando la parte proporcional de mobiliario y elementos decorativos, quedarán unos dos metros y medio a tres de espacio libre por invitado...

¡Esto no es normal! Mi madre monta cenas a tiralíneas. ¿¡Pero quién calcula los metros de espacio libre por invitado!? Lo normal es calcular la comida, la bebida, la charla, la proporción hombres-mujeres (eso del yin-yang que últimamente tanto le gusta) y algo de música... Pero no: mi madre se ha tomado tan en serio su afición al mundo de los espacios, que ahora se dedica a cosas como ésta.

–Me gustaría contar contigo en la organización de todo. Es un día muy importante para mí, hija...

Mamá logra endulzarme el corazón y convertirlo en pastelillos de nata. No puedo evitarlo, tengo debilidad por ella. Al oírla se me saltan las lágrimas de emoción, me apetece abrazarla y desearle lo mejor con quien quiera que sea su amor. Ahora mismo me da igual a qué esté abocado su idilio (que seguro será al desengaño porque no hay hombre que comprenda el interior de una mujer que ha amado hasta dejarse la mirada perdida en un horizonte que nadie más puede ver). Quiero que le saque provecho a las prótesis, como ella dice, y a todo ese sacrificio *yóguico*, a la dieta estricta y al *loft*. Quiero que disfrute porque acabo de darme cuenta de que tiene una sonrisa inmensa en el rostro y yo adoro verla feliz.

–Claro, mamá, cuenta conmigo –respondo a su anhelo dulcificando la mirada, que viene a encontrarse con sus pupilas brillantes como noches en pleno desierto. El desierto de la piel que sin ambages se abalanza sobre el agua corriente.

Supongo que debo rendirme a lo evidente: nada es más verdadero que la propia experiencia. De poco va a servirme una pataleta porque es mucho más fuerte la necesidad interna que nos precipita locamente al interior de otros brazos, el refugio amoroso que promete convertirse en el ansiado destino, el fin del camino con su fabulosa provisión de serenidad eterna. Nos llama la calma que augura el impacto amoroso, y mi madre ha tenido un impacto de aúpa. Reconozco que ahí tiene razón Camila: cada uno repite los patrones que necesita las veces que necesita. Por mucho que tema el error de mi madre, el dichoso error es mucho más suyo que yo y mis teorías sobre la manera de llegar al amor sin heridas. Cada uno está donde quiere, eso es cierto. Supongo que por eso yo llevo el cartel de «vedado» en la frente, porque quiero llevarlo. Puede que mi madre sienta que se le pasa la vida, pero a mí me da igual haber cruzado ya el umbral de los treinta y cinco porque no entra en mis planes traer a este mundo nada que sea fruto de la necesidad. Necesitar me aterra.

Mamá se inclina y me da un delicioso beso en la mejilla, y a la vez me acaricia el cabello como si fuese todavía una niña. Dice que no piensa porque no quiere pensar, pero al observarla, su cuerpo también dice cosas... Sé que conserva su riquísimo mundo interior en alguna parte a pesar de la frivolidad con la que quiere vivir, pero también sé que su mundo es solamente suyo y que lo guarda con celo debajo de esas caricias con las que pone punto y final a mis análisis filosóficos sobre el amor y la vida. Dice que tengo una mente privilegiada que también es la parte que menos le interesa de mí, y entre sobresalto y caricias, lo que yo no termino de entender es en quién se ha convertido mi madre. Pero cuando la tengo cerca sólo puedo sentir cuánto la he echado en falta.

El tiempo brinda una peculiar extrañeza cuando uno trata de recordar quién ha sido. Con frecuencia parece que el pasado es de otro aunque sea uno quien por algún motivo conserva la memoria de lo que ha sucedido. Durante una época estuve enfadada con todo, pero sobre todo con ella. Era precisamente su tacto lo que más me irritaba, y así me di cuenta de que necesitaba distancia. Para entonces se me había pasado ya el empeño en ser monja de clausura para molestar a mi padre, y había regresado a sus rodillas como cuando tenía tres años. Leía lo mismo que él leía, debatía sobre la izquierda, sobre la derecha, sobre el capitalismo y el centro, y comenzaba a elucubrar sobre lo que sería mi futuro y lo percibía tan libre como el derecho del hombre del que hablaba esa izquierda verdadera que ya no se hacía en España. Mamá nos irritaba porque cuestionaba todo lo incuestionable, hasta el derecho a la libertad. ¿¡Cómo podía nadie cuestionar derechos naturales como la libertad!? Mamá decía que la libertad era un simple concepto acuñado sociopolíticamente, y que como tal era cuestionable; no era «natural» en sentido estricto, no podía el hombre ser «naturalmente libre» hasta dejar de distinguir hombre o mujer, proletariado y capitalismo. ¡Mamá pensaba! Y cuando se murió papá, no volvió a expresar pensamiento alguno. Le trae literalmente al fresco todo lo que suene a filosofía o perfeccionamiento de la Humanidad, el orden de cosas o la vida misma. Es curioso, porque a veces siento que acabaré como ella. Sucede cuando apago el volumen y me dedico a cerrar los ojos sin más. Sin embargo, aún creo que la vida tiene demasiado que ofrecer y sigue apasionándome el descubrimiento del mundo interior de las personas, empezando por mí misma, claro; por eso quedo todos los días con Camila una o dos veces sólo para hablar: porque a ella también le gusta imaginar lo que le sucede a la gente por dentro.

IV

Mamá me ha estrujado entre sus brazos durante dos minutos antes de despedirnos. He pasado por casa y me he sentado en el sofá a acariciar al gato para que no piense que me traen al fresco sus necesidades de afecto. Esto porque es martes y los martes por lo general no trabajo a no ser que surja algo ineludible como la cita que tengo que atender esta tarde. Así es que suelo estar en casa y atender cosas a las que el resto de la semana no presto tanta atención, entre ellas mi gato. Lo he acariciado con urgencia, eso sí, porque con el disgusto la comida se ha alargado más de la cuenta, y parece que a mi mascota no le ha hecho ni pizca de gracia porque no ha puesto buena cara cuando lo he vuelto a dejar en el suelo. En realidad tenía dudas hasta que he ido corriendo al dormitorio a coger unas cosas y al pasar he visto de reojo cómo me ha puesto su cara de perro, de modo que ya puedo estar segura de que el gato también sabe que es martes.

Mi gato es un gato tremendamente feo y suave, un *Sphynx*. Su piel es fina como la de un bebé, y tiene el cuerpo flaquísimo y lleno de arrugas en la cabeza y las pezuñas. Es de color ligeramente rojizo y tiene los ojos inmensos y azules, las orejas grandes en punta y la cara angulosa y afilada. Me lo regaló uno de mis clientes, que ya es amigo, el día de mi cumpleaños de hace cuatro años y no sé de qué se queja. Me refiero al gato. Vivo justo encima del salón, en el número siete de la calle Argensola, y aunque no puedo tenerlo encima de mí todo el tiempo, la mayor parte de las veces lo llevo conmigo a trabajar para que esté acompañado. Pero mi cliente de esta tarde dice que es alérgico a los gatos aunque no tengan pelo, así es que he pasado a verlo un momento y he dejado puesto el volumen cinco del *Café del mar*, porque adoro la música *chill-out* en cualquier momento y creo que a mi gato le calma las ansias de abrazo. Después he bajado al salón y he preparado el ambiente.

Salvo excepciones, en mi peluquería sólo estamos mi cliente y yo. Tengo dada de alta en la Seguridad Social a una mujer de cuarenta y seis años que vino de Camboya hace diez y estuvo como interna en casa de un amigo cuya pareja, otro hombre, se empeñó en ponerla en la calle porque dice que le miraba de manera inquisitiva cuando se besaban en su presencia. Se llama Teresa desde que llegó a España, que es algo así como una aproximación al equivalente en nuestro país de la mitad de su nombre camboyano. Creo que esto es lo que quiso decirme cuando le pregunté si prefería que me dirigiese a ella por su nombre real. Cuando termino de peinar a un cliente, Teresa adecenta el salón y lo deja limpio y escrupulosamente ordenado, después se va a la cocina y prepara un té de hierbabuena, helado en esta época, y lo sirve cuando le aviso. Cuando acaba, se sube a casa y hace sus cosas, que es lo único que dice antes de marcharse con una peculiar fusión de gramáticas.

Aunque Teresa es quien se encarga de la limpieza, el ambiente lo pongo yo porque selecciono la música, la barra de incienso, las flores y otros detalles tontos que son precisamente los que más disfruta mi clientela. Lo mío es un salón absolutamente exclusivo, una idea por la que algunos no daban un euro pero que hoy sólo recibe entre dos y cuatro clientes al día, a seiscientos euros de media por tratamiento, corte y peinado. Los tratamientos específicos de regeneración capilar oscilan entre los trescientos y los ochocientos cincuenta euros, y si alguien desea también las uñas, Arturo, el esteta itinerante que a veces da otro color a mi pequeño salón, es mi tesoro más cotizado...

Al mirar a Teresa puedo imaginar lo que piensa de todo el que viene a peinarse conmigo. Puedo imaginar incluso lo que piensa de mí por lo que sabe de mi vida aquí dentro, que no es más que la expresión más superficial de la última capa de cebolla que recubre mi universo interno, es decir, la nada, la verdadera máscara. Reconozco que la mirada de Teresa es inquisitiva, y sé que nuestra asociación es en el fondo un varapalo al ego, porque me puse muy digna cuando mi amigo me contó que Ricardo no podía más y que iban a echarla a la calle... Me salió la proletaria que llevo dentro, a medio camino entre la máscara y el centro, y le dije que Ricardo era un paranoico, y que bastante tienen estas mujeres con su entrenamiento para la renuncia para andar juzgando a nadie por besarse con quien le dé la gana. Ahora tengo claro que la mirada de Teresa es descaradamente inquisitiva y me debato entre darme a conocer de puertas hacia dentro o dejarla mantener su visión sobre mí y mis relaciones profesionales (como soy consciente de que cualquier decisión al respecto sería una victoria del ego que siempre anda queriendo mostrarse, creo haber decidido no hacer nada y esperar a que todo suceda).

Hoy he terminado con mi cliente antes de lo previsto y he tenido tiempo de sobra para darme una ducha y hacerle algún otro mimo al gato. Mi cliente es uno de los rostros más conocidos de la televisión, un hombre guapo y nada pretencioso que suponen gay, pero que no ha declarado su condición sexual porque opina que el circo del amor en los medios es bochornoso, y que sólo quedas libre de él si eres capaz de ignorarlo todo hasta que se olvidan de que tú también tienes una vida privada. Mi cliente quiere mantenerla así, y sabe que mi salón es uno de los pocos sitios donde está a salvo.

Al salir de casa y poner los pies en el descansillo, oigo música de George Benson, la guitarra más célebre del jazz de todos los tiempos. Estoy segura de que es una pieza suya que he escuchado en alguna otra parte porque me trae sensaciones inquietas que preludian el abordaje de recuerdos. La pieza es magnífica y la memoria se deja llevar. *Give me the night*, *Breezin*... Los títulos alternan con imágenes de momentos pasados. Detengo la secuencia porque no quiero encuentros con instantes que quizá haya decidido olvidar, y me centro en lo bien que suena la melodía. Me gusta el jazz porque encierra improvisación. Tal vez llevo una existencia demasiado planificada y por eso me atrae todo lo que suena espontáneo.

Me asomo desde el portal y siento un golpe de calor en el rostro que me detiene un instante y me invita a mirar al cielo. Bajo el manto azul cristalino y sobre mis huellas, el asfalto arde bajo los pies. Me lanzo a la calle mientras pienso que nada improvisado viene conmigo pero sí una noticia insólita que me ha tenido callada toda la tarde, cierto que gracias también a que mi cliente no estaba en absoluto dicharachero. Sin pensar en la ruta pongo rumbo al vivero donde he quedado con Camila con carácter de urgencia. Sé que mamá la habrá llamado para contarle lo de su amor porque la conozco, las conozco a ambas, y Camila me ha preguntado tres veces mientras estábamos al teléfono qué novedades había... Camila no es una mujer previsible, pero a veces es transparente.

La calle está casi desierta. Son ya las ocho menos diez pero se nota que es agosto porque Madrid está a medio gas. Además, hace un calor de mediodía irritado que no es normal a estas horas; no me extrañaría que todo el mundo se quede a cubierto hasta que caiga la noche. El vivero cierra a las nueve aunque Camila nunca es estricta en horarios porque dice que es ahí donde empiezan las cárceles. Espero que el vivero no sea el único lugar atestado de gente a estas horas porque hoy no soportaría tener que sonreír o poner una cara inventada, pero me temo que el frescor que desprende lo hace más atractivo que nunca, y es posible que me toque incluso estar en la caja mientras ella describe las bondades amatorias de su pequeño pulmón, un lugar que irradia tanta vida como extrañeza y que por eso atrae con tal fuerza.

La noticia de mi madre va y viene, lo mismo que mi primera reacción que también a mí me ha sorprendido. Yo no le quito a mamá su derecho a nada, pero quiero que lo piense bien antes de rendir su individualidad otra vez y perderse la vida... Lo que quiero precisamente es que viva, que recupere instantes, ¡que sea ella misma! Confieso que me ha dejado pasmada su declaración amorosa. Algo se ha resentido aquí dentro, pero no se trata de celos. No puedo sentir celos de alguien a quien ni siquiera conozco. No me interesa saber quién es ni dónde le ha conocido; para mí su amante es sólo una sombra, una nube, y quizá eso sí me preocupa: que le reste luz, vida propia; porque mamá es el faro que me ha enseñado a ver el proyecto de amor a uno mismo que también es la vida. Así es que no entiendo nada. No entiendo que esté dispuesta a involucrarse en una relación otra vez cuando acaba de salir del duelo que fue perder a papá poco a poco, ver cómo se le destruía el cuerpo justo antes de que le abandonara la razón para terminar marchándose los dos juntos de golpe, cuerpo y locura... Hace años decía que le amó con la sinrazón que es dejarse de lado a una misma, y que el amor ha de traer equilibrio, que ahí precisamente estuvo su error y que por eso vio en mi relación con Max un patrón del que ella tuvo la culpa... Por eso me asusta toda esta especie de alienación. Mamá lleva casi tres años sumida en una nube que parece seguir engordando como un inmenso globo, y estoy segura de que aún no ha ordenado lo que le pasa por dentro. Porque sé que algo pasa desde que no es ella sino alguien ahí dentro que pasea el cuerpo de mi madre más delgado que nunca. Temo que haya olvidado, o que lo que necesite sea precisamente olvidar.

–Mamá te ha contado, no lo niegues... –Se lo digo a dos metros, antes de saludos y besos, como si le lanzara las palabras para que las recogiese al vuelo. «¡Ahí tienes, guapa!» Me acerco hasta donde está y pongo la mejilla derecha junto a la suya.

–¡Pues claro que me lo ha contado! ¿No estás encantada?

—¿¡Encantada!? Lo que estoy es espantada. ¿Pero tú has visto que ni siquiera te escucha? Habla como una adolescente y a una velocidad asombrosa. La verdad es que no entiendo nada, es como si se rodeara de caprichos. Ahora me hago un *loft*, ahora las miniaturas japonesas, ahora quiero aprender a volar, ahora me he enamorado... Ni una pizca de madurez, ¿te das cuenta?

—Maca, sólo son elecciones. Es una mujer sola y libre, no veo qué tiene que ver la madurez en todo esto.

—¡La manera, Camila! «Hija, estoy viendo a alguien», «he conocido a una persona y vamos a ver qué va sucediendo...» No sé... es como un arsenal de ilusiones, va sacando la munición y dispara. Por ejemplo, no ha vuelto a ir a las clases de yoga porque se le revolvía el estómago, ¡pero claro, ella tiene pagado un año enterito por adelantado! Ahora hace eso otro como se llame y seguro que habrá pagado un año también.

—¡Maca, tiene cincuenta y ocho años, demonios, sabe muy bien lo que hace! Además, tu madre es una mujer preciosa, puede permitirse un poco de frescura si quiere. Ya tuvo suficiente seriedad con tu padre.

—¡Precisamente! Parece que haya salido de aquello en estampida...

—¡Pero si hace ya tres años que está sola! —Vuelve la cabeza y me deja hablando con su nuca—. Perdona, guapa, voy a atender... —Se levanta y hace un gesto con la mano de los que congelan el instante. La conversación queda justamente en el punto clave, la relación con papá.

Ha entrado Leonor; le hago un gesto de cabeza y lo acompaño de una sonrisa que sólo es un dibujo. Me quedo sentada en mi esquina, la que Camila tiene prevista para las tertulias bajo un cenador de madera de Iroco que hace aún más anacrónica esta esquina en pleno ajetreo de gran urbe. Desde aquí todo es un poco surrealista al mirar de la verja hacia fuera. ¡La vida es puro surrealismo, y yo estoy sentada en la esquina que se lleva la palma! Pienso que tal vez debería tomarme todo esto de mamá con un poco más de humor, exactamente como cuando me ha dicho que era muy importante para ella y ha conseguido contagiarme esa alegría que le bailaba en los ojos. Debería conectar de nuevo con su alegría y dejar que descubra por sí sola y que se comporte como una adolescente si quiere. En todo caso, mamá va a vivir esto como le dé la gana porque para eso ha decidido no pensar y no hay quien le haga entrar en razón; así es que la única que sale perdiendo en todo esto soy yo.

Leonor es una mujer que siempre parece tener la misma edad; hace once años que Camila inauguró su vivero y entonces ya le echabas ochenta, exactamente igual que ahora. Bueno, eso es lo que cuenta Camila: que el día de la inauguración entró una mujer de ojillos vivaces, Leonor, y compró un naranjo enano de origen panameño, que no crece más de un metro de altura y da naranjas en miniatura con sabor a limón, ideales para añadir en rodajas a los cócteles de verano. Desde entonces, Leonor baja todos los días al caer el sol y le pregunta alguna cosa a Camila relativa al cultivo de su naranjo.

Esta variedad de naranjo enano, que fue cultivada por primera vez en China y de allí exportada a Panamá y no sé a cuántos otros sitios, se llama Calamondín, así es que Leonor lo llama «la calamidad» desde que descubrió el sabor aci-amargo de las naranjas, aunque Camila ya le había avisado de que aquéllas no eran naranjas de mesa... «Camila, que a la calamidad se le caen las flores. Camila, que mi calamidad no da naranjas y ya es la época. ¿Y si le pongo azúcar en el riego, Camila? Camila, que tiene las hojas pálidas como de muerto. ¿Pero éste no era perenne? ¡Ay que calamidad de naranjo!».

Leonor es un chiste. Es oriunda de la provincia de Badajoz pero lleva viviendo en el veinticuatro de la calle Atocha desde los catorce años, cuando sus padres dejaron el pueblo, como tanto extremeño de la época, y vinieron a Madrid, la madre a trabajar de modista y el padre de conserje. No sé en qué año exactamente sucedió aquello porque no suelta prenda, así es que no he podido hacer el cálculo de los años que tiene, por más que me intrigue... Estudió más que otras chicas de aquella época y después se casó bien y no tuvo hijos, sólo sobrinos, sobrinos-nietos y un perro enano detrás de otro, porque a Leonor le encantan los perritos pequeños y los trata como si fueran humanos.

A Leonor le gusta todo lo pequeño, los animales, los árboles... Ella misma es una mujer diminuta y vivaz, delgada y erguida a pesar de los años. ¿Qué edad tendrá? Es viuda, eso lo conozco también. Es viuda hace tantos años, que dice que no se acuerda de Diógenes (el marido se llamaba Diógenes, y era un señorito andaluz nacido en un cortijo de Sevilla). Le quería por «chulo», en el mejor sentido, pero cuando murió le dijo adiós y punto, de la forma más pragmática. Ahora, su única preocupación es su «joío calamidad», porque dice que el perro no le da disgustos.

Yo me río con Leonor hasta dolerme el abdomen, pero lo cierto es que hoy no me apetece levantarme y estar con ella de charla hasta que Camila eche el cierre. Esta tarde me duele la cabeza y lo que quiero es silencio, así es que levanto la mano y ella me responde con la barbilla y un «¡guapaa!», como si captara mi evidente indirecta. La observo mientras camina detrás de Camila zarandeando las manos, y sus muecas me recuerdan a una de esas marionetas de madera que abren y cierran la boca, con dos especies de mofletes a los lados de las comisuras. Leonor también es así, tiene los carrillos caídos sobre el vértice de sus labios y un aspecto risueño que parece pintado. Desaparecen en el interior de la salita que Camila utiliza como oficina y yo me quedo sentada observando las plantas.

V

Al salir, nos hemos topado con Jacinto, otro personaje de novela que mantiene vivo el pasado. La vitalidad de este barrio se adereza con «Jacintos» y «Leonores», que le dan otro ritmo a ese halo de bohemia esnob del siglo veintiuno que inunda el retorcido trazado de calles del centro. Jacinto fue sereno cuando en Madrid había serenos. He sabido por él que la actividad ha estado viva en Madrid hasta el año setenta y seis, y eso significa que yo aterricé en la frontera de los viejos usos y la modernidad, y que tal vez por eso me agrada especialmente recibir de sus propios labios este legado que es su historia: una parte del Madrid que yo no he conocido y que no volverá. ¡Es maravilloso y a la vez da un poco de vértigo! Estamos viviendo la etapa en la que se diluye la vida de los años veinte y treinta. Quienes nacieron en estas décadas están desapareciendo poco a poco, y eso quiere decir que los hijos de mi generación probablemente no llegarán a oír de labios de ningún testigo presencial lo que era esta ciudad antes del cisma. ¿Qué sucederá con la memoria dolorosa de la Guerra? ¿Desaparecerá también junto a la herida?

Nuestro amigo Jacinto, el sereno, está orgulloso de la que fue su profesión. Entró en el cuerpo cuando tenía veintiún años recién cumplidos y lo dejó al cumplir los cuarenta (que según cierto Decreto de mil ochocientos y pico, era la edad máxima a la que un hombre podía dedicarse a este oficio de velar por la seguridad en las calles cuando sus gentes dormían). Según nuestro entrañable abuelito de rompe y rasga, había que ser muy hombre para hacer bien el trabajo; por eso lo dejó a los cuarenta aunque las cosas hubieran cambiado y ya pudiera uno jubilarse de sereno (dice que viejo y sin fuerza para proteger bien las calles). Era, como él mismo describe, robusto y de voz clara, «como obligaba la profesión», y hoy es un bisabuelo hablador y romántico cuyos relatos van marcando pasos de baile para una danza con el devenir de la historia.

A Jacinto le gusta Camila, con respeto y en la distancia, como él dice. Le gusta «observarla y admirarla, porque es una mujer digna de admiración»; y cuando puede, se arrima un rato y le recita unos versos. Porque Jacinto, además, es poeta.

Hoy no estoy de humor, es cierto. ¡Pero a mí me encanta compartir momentos con personas que han vivido casi un siglo de la historia de esta ciudad que adoro! Ahora bien, de todos los correveidile del barrio que trato diariamente gracias a Camila, reconozco que Jacinto es mi narrador predilecto. Desde hace dos años viene contándome por capítulos la historia de Conchita Ruiz de Madrigal, una vedette que llegó a hacerse famosa en los años treinta, y que fue amante de un tío suyo que le puso un piso y la tuvo de querida a la vista de todos hasta que su mujer murió de pena... Ésta es, según él, la historia del barrio desde la calle Atocha hasta la Plaza de Lavapiés, y de una mujer que vivió como le dio la gana; lo que de pronto me recuerda la actitud mi madre.

Camila se excusa con Jacinto y, aunque no es cierto, le dice que hoy llevamos mucha prisa porque vamos a cenar con amigos que ya están esperándonos. Jacinto se quita la gorra y nos dice «adiós guapetonas». Lleva un pantalón de lino, zapatos de color claro y una gorra deportiva de la marca Puma de un rojo brillante más apropiado para un *street dancer*. Tampoco me sorprende lo más mínimo esa excentricidad dispuesta sobre su pelo, el poquito y siempre limpísimo que aún le queda, porque asegura que le gusta vestir «casual», y lo dice además colocando el acento en la versión inglesa, «*cásual*».

Al salir del vivero decidimos andar. Vamos al japonés de Fukuo, justo detrás de la Gran Vía, en el número dos de la calle Abada, donde originalmente estuvo ubicado el Círculo de Bellas Artes, y donde mantuvo su sede hasta que lo trasladaron al cuarenta y dos de la calle Alcalá. Este apunte cultural puede ser la razón por la que Fukuo decidió abrirlo aquí en su paso por Madrid; no lo sé con certeza porque lo único que me respondió su mujer cuando le pregunté por qué Abada precisamente y ningún otro sitio, fue un «¡claro, sí, el centro bonito y cultura en Madrid!», con ese aire delicado y etéreo de dama japonesa en una madurez que no deja huella en el rostro pero sí en la mirada.

La peculiaridad de Fukuo, que también se llama así el restaurante, es que funciona como una exposición gastronómica itinerante, de manera que estará dieciocho meses en Madrid, y después está programada su inauguración en Atenas, donde creo que ya se ha cerrado la lista de reservas para todo el primer semestre. (¡Y eso que *Madrid Fukuo* no finaliza hasta dentro de siete meses!) En fin, la cuestión es que yo siempre tengo un par de taburetes en Fukuo allá donde vaya, porque desde hace años peino a su esposa Tamae cuando vienen a Madrid por cualquier motivo, gastronómico o de otro tipo, pero a estas alturas es mejor no molestarse ya en intentarlo porque tienen absolutamente cerrada su temporada en Madrid. Ahora bien, otro acierto de la exposición de Fukuo es que se puede pedir la comida como en cualquier *take-away* para que te la lleven a casa, y así cualquiera tiene la oportunidad de degustar las singularidades de la carta de este restaurante que salió de Tokio en el año noventa y cuatro y ha recorrido Shangai, Bangok, Nueva York, Londres, Berlín, Amsterdam, Milán, Barcelona, París, Roma y Madrid. ¡Me parece la mejor idea empresarial que se ha tenido nunca! Y lo mejor de todo es que se trata de un local de decoración modesta que pasa totalmente desapercibido desde el exterior. La pieza ornamental más singular es la gran plancha de madera de zelkova cortada irregularmente, que forma una mesa corrida en el «centro-izquierda» del local. A cada lado hay una hilera de taburetes, también de madera, que levantan unos treinta centímetros del suelo, y detrás de cada hilera, como a un metro de distancia, dos grandes biombos de papel con un fino perfil de madera alrededor separan otras dos salas; una de ellas donde te sientas a la altura habitual en Europa, alberga ocho mesas con capacidad para cuatro personas; la otra queda a la derecha según entras al local, donde está la cocina, y perfectamente a la vista, porque ése es el verdadero espectáculo que ofrece Fukuo. En uno de los laterales de la cocina, en lo que podría decirse la «extrema derecha» según accedes al restaurante, hay una escalera de acceso a la planta alta donde se encuentran los lavabos y la zona de reservados.

¡La comida aquí es todo un ingenio!, y no me refiero a lo que se cocina, o al menos no sólo a eso, sino al hecho de comer en un lugar donde la gente se mueve relajadamente por el local para ver el arte de Fukuo en la cocina, como visitantes de cualquier muestra de arte o museo. Junto a dos cocineros menos espectaculares, el señor Fukuo prepara los platos a una velocidad de vértigo; corta el pescado y las verduras frescas, mientras los otros, un poco más retirados, preparan aderezos para rematar los platos. Fukuo los monta de tres en tres, como pequeñas obras de arte efímero y Tamae los coloca en una serie de pedestales, donde los comensales eligen a dedo, y unas señoritas van sirviendo a petición del cliente. ¡Es todo de una rapidez deslumbrante!

Al entrar en Fukuo, lo normal es que haya personas de pie charlando mientras contemplan a más o menos distancia los malabares del chef japonés. No voy a caer en la tentación de hablar del perfil del «comensal-tipo»; baste imaginar los ojos que pondría Teresa si asomara la nariz por la puerta... Pero lo mejor de todo es que el diseño está tan bien ideado, que nadie parece perturbar a nadie; todo respira y favorece la atmósfera de intimidad del que prefiere permanecer sentado, que puede contemplar la ceremonia desde una de las tres pantallas que proyectan los movimientos de Fukuo.

El ambiente en los reservados es totalmente distinto. Los comensales de planta, como los llama el servicio, seleccionan un menú al hacer la reserva, de manera que Fukuo va intercalando platos de carta que van directos a la planta alta e improvisaciones artísticas que quedan expuestas durante unos pocos segundos. ¡Adoro la autenticidad de este lugar! Esta vez cenaremos precisamente en una de las dos salitas vip para dos que tiene ubicadas en un rinconcito a la derecha de la escalera, según se accede a la planta de arriba. Habíamos reservado hace semanas para celebrar juntas el solsticio de verano, que es nuestro ritual pagano preferido; y aunque ya es agosto porque Tamae no pudo darme antes un reservado, esta noche vamos a degustar un plato de «kasu neri», que por lo que yo sé es una especie de escabeche a base de restos de sake fermentado que se prepara en noviembre y se utiliza a partir de junio, coincidiendo con el solsticio de verano, para cocinar encurtidos y algunas recetas de carne o pescado.

Aquí suelo encontrarme a mucha gente que conozco, y hoy es uno de esos días que sólo me apetece concluir con la cabeza bajo la almohada. Pero a estas alturas de la temporada ésta es la única oportunidad que vamos a tener de cenar en uno de los reservados de Fukuo, así es que voy a olvidarme del barullo que llevo arrastrando durante todo el día...

–Tu enfado no tiene la menor consistencia, Maca –dice Camila nada más sentarnos.

–No estoy enfadada. Sólo me descoloca esa actitud infantil de mi madre... No quiere tomarse nada en serio, se enamora de pronto, y organiza una cena detrás de otra como si estuviese desesperada por vivir una adolescencia que ya no le toca... Entiéndeme, Camila –digo al ver su cara de póquer mientras hablo–. ¡Mamá me hace recordar todo el tiempo que la vida a nuestro lado fue una hecatombe!

–Eres tú la que tiene un problema con aquello. No te has perdonado la distancia con Marisa, ¿verdad?

–Ya sabes que tengo una relación preciosa con mamá. Desde que nos dejó papá somos uña y carne. En el fondo creo que me gusta que nos quedáramos solas.

–¡Eso es lo que te pasa! De pronto no soportas que tu madre se haya enamorado. No soportas la idea de que un tercero entre en vuestras vidas, ¿es cierto?

–Pues no lo sé. No me apetece que ningún extraño irrumpa de pronto en nada nuestro, es verdad, pero no es eso lo que más me preocupa. Me importa muy poco quién es la persona de la que se ha enamorado, lo que no aguanto es su impulsividad para todo.

Camila me observa. La pregunta está clara, «¿qué te preocupa realmente, cariño...?». ¿¡Que qué me preocupa!? Mamá se quejó durante años de cada una de sus renuncias. ¡Hubiese hecho tantas cosas en la vida...! Parecía que papá le había cortado las alas cuando en realidad las alas se las corta uno mismo al elegir al otro, o al elegir la relación, que es como un tercero entre dos... Todos podemos probar y elegir no quedarnos. Pero mamá decidió quedarse, igual que él; ambos eligieron todo aquello, incluso me eligieron a mí...

–¿Qué te pasa, Maca? Estás llorando...

–No pasa nada. Ha venido todo de golpe y eso lo aguanta el corazón pero no sin desbordarse.

–Te empeñas en permanecer impasible, te has colocado una coraza que sólo sirve para ahogarte por dentro. Creo que algún día se te va a venir encima todo ese montón de teorías sobre la elección consciente. En algún momento volverás a ser mujer y punto, ya lo verás.

–¡Me siento muy mujer, querida! El hecho de que elija hacer bien las cosas no implica que me pierda la vida. Al menos no como yo quiero vivirla. ¡Echa un vistazo a la tuya!

Al decir esto la miro a los ojos como si pudiera fulminarla con ellos. Leo extrañeza en su rostro. No estamos acostumbradas a utilizar según qué tonos entre nosotras pero el dolor me ha ganado esta pequeña batalla. Ahora temo cualquier contraataque, y sé que estará en su derecho si me suelta una fresca. Me toca aceptar que la pérdida de control es como el torrente de agua que se abalanza cuando se desbordan las márgenes de un río. Me he desbordado dispuesta a engullir a mi paso.

–Nunca lo he puesto en duda –dice suavemente, después de unos segundos de silencio–. Pero no dejan de ser teorías que funcionan mientras no te sucede lo que al parecer le ha sucedido a tu madre. Maca, cariño... sólo se ha enamorado...

–Sí, ya...

Me detengo a ordenar la mente pero no soy capaz de pensar con claridad. Un revoltijo de escenas me ha inundado el cerebro y lo único que siento ahí arriba es una masa acuosa en pleno bamboleo. Recuerdo que al morir papá, se despidió diciéndole que recuperaba una vida demasiado corta. Aquello me dolió porque la vi sentirse acabada y porque al mismo tiempo parecía que él fuera el culpable, pero para entonces ya había comprendido que la historia de mis padres les pertenecía únicamente a ellos dos, y que no podía seguir enfadada con mi madre por ser tan distinta a nosotros. Realmente lo era. Mientras yo militaba en el grupo anarquista durante mi fugaz paso por la Facultad de Ciencias Políticas, mamá decía que la política era la causa del desequilibrio y el desamor en el mundo, y acusaba a papá de alimentar las diferencias y el odio con su constante rezongo. Papá insistía en que éramos animales políticos y ella decía que éramos solamente animales. «Da igual que no estés subido en un púlpito como uno de esos sacerdotes que tanto aborreces», le espetaba como si la frase llevara el subtítulo «¡ahí tienes esa!»; «¡eres un instigador en la sombra!»

Mamá hubiese terminado la carrera de Historia (si no se hubiese quedado embarazada de mí, claro está). Después, cuando crecí lo suficiente para que ella no necesitara estar pendiente de mí a todas horas, mi padre cayó enfermo y quedó sentando en una silla de ruedas; así es que mamá se dedicó en cuerpo y alma a cuidarle durante años. Cuando murió mi padre, le recordé que podía terminar sus estudios y hacer las cosas que siempre había soñado, que se habían convertido en un lamento colocado en los labios preparado para salir fuera y soltar toda su letanía. Me respondió que tal vez, pero han transcurrido tres años ya desde aquello y siempre dice lo mismo, «el año próximo tal vez...», e intenta convencerme para que lo deje todo aparcado y me dedique a viajar con ella hasta que hayamos recorrido todos los lugares míticos de un extremo a otro del mundo. Quiere que lo conozcamos todo de golpe, y yo le digo que mejor poco a poco, porque no puedo permitirme dejar de lado a mi clientela, así sin más, después de todo lo que he luchado para llegar hasta donde he llegado. Mamá lo ha comprendido –o al menos eso es lo que creo– y nos hemos prometido que durante el resto de nuestras vidas viajaremos juntas al menos una vez al año para ir conociendo el mundo, todo entero pero con cierta mesura.

–Te has quedado muda...

–Sí, perdona; trataba de poner algunas cosas en orden. Supongo que creo que mi madre vuelve a esconderse detrás de alguien para no hacer las cosas de las que responsabilizaba a mi padre, y eso es lo que me enfada de todo esto: que no haya hecho nada de lo que tanto echaba en falta, y ahora detenga su vida porque según ella se ha enamorado... ¿Tanto necesitamos llenarnos de otro?

–O tanto necesitamos el amor, Maca...

VI

Son las seis y veintiséis minutos de la mañana. ¡Madrugada y capicúa! ¿Qué hago de nuevo despierta a estas horas? Me metí en la cama a la una y once exactamente, y eso significa que he dormido solamente cinco horas y quince minutos, aunque parece que haya estado ahí dentro durante una eternidad porque noto el cuerpo entumecido y he agotado todo el sueño; tengo los ojos abiertos como platos. ¿Qué le pasa a las matemáticas estos días? Hace poco me pasé una semana encontrando reducciones a números primos en todas partes y ahora me asalta un aluvión de ordenados capicúa.

Noto una extraña sensación en el estómago. Creo que ha sido la mezcla de vino, sake y ese batiburrillo de escabeche fermentado. ¡No vuelvo a tomar kasu neri! En lo que se refiere a hacer las delicias de sus amigos, Fukuo es incorregible. Al terminar la cena nos obsequió con un espectacular postre flambeado que llevaron directamente a la mesa recién encendida la llama, y que servía, según él, para emular nuestra particular fogata de la noche de San Juan. En ese instante dimos por concluida la conversación sobre las necesidades de amor, mi madre, y los recuerdos dolorosos que poco a poco van saliendo y liberando algo de espacio en el disco duro, y nos dedicamos a elevar nuestros conjuros a la noche más enigmática del año, aunque hace mes y medio que ya pasó y ahora las noches son de nuevo un poquito más cortas cada día.

Es un ritual más bien tonto, lo sé, pero empezamos a hacerlo hace algo más de seis años en un momento simbólico en la vida de ambas y ya se ha quedado a vivir con nosotras. Para entonces yo estaba en plena relación tormentosa y Camila había terminado por fin su historia con Armando, un pintor con ganas de hacer bien las cosas, muy entregado él, con quien simplemente se le acabó el amor, o quizá nunca lo hubo realmente, porque Camila está convencida de que la sensación de amar a alguien debe ser algo pasional pero a la vez estable; le sobraban los altibajos que ella misma experimentaba en la relación. Ahí estamos ambas de acuerdo: el amor debe ser un cóctel perfecto de atracción sexual y serenidad emocional. La atracción es lo que toca construir juntos, pero la serenidad es más bien la conquista de cada uno... Mi amiga opina de sí misma que ha elegido la soledad libremente, pero de mí sólo piensa que al dejarlo con Max entré en *shock* y aún conservo secuelas del trauma. Es cierto que hace seis años las cosas estaban mal, muy mal; eso me llevó aquel veintiuno de junio a una ceremonia en la Sierra de Gredos, y quemamos en una hoguera el pasado: yo enterré mi anhelo hacia el Max que yo hubiera deseado y ella debió llegar a la conclusión de que al lado de Armando había conocido lo último que le faltaba por saber de sus propios ideales y desde entonces no ha vuelto a haber nadie.

Aquella noche éramos diecisiete mujeres. Después de la quema elevamos conjuros para atraer a nuestras vidas un futuro excitante, entonamos cantos a la Madre Tierra y veneramos la naturaleza femenina bañándonos en un lago, desnudas a la luz de la luna. Aquella noche cambió la dirección de mi vida. Tardé aún varios meses en dejar definitivamente la historia con Max, pero no volví a ser la misma... Desde entonces, Camila y yo hemos celebrado ese día como si en él cerrásemos cada año un nuevo ciclo de vida en el que algo muere para que algo nuevo pueda nacer; y así vamos sintiendo que nos acercamos cada vez más a nuestra esencia más íntima.

Anoche fue agotador. Hablamos y hablamos hasta terminar aburridas como en una partida de ajedrez en tablas. Aunque la excusa sea el resultado de la Eurocopa de fútbol, siempre terminamos disertando sobre lo divino y lo humano, y en líneas generales todo sirve de aliciente para sacar a colación mi estatismo amoroso. Según Camila, mi problema es la información subconsciente que me tiene bloqueada, o como ella dice, armada hasta los dientes. Por eso dedico mi vida a la búsqueda de una perfección imposible. Supongo que resulta más que evidente que Camila y yo hablamos del subconsciente como si fuera el vecino de la planta de abajo. Y es que, si en algo sí estamos de acuerdo, es que don subconsciente es quien manda, solo que en la disputa sobre cuál de las dos está más supeditada al vecino, la que sale perdiendo soy yo. Dice que tengo tan calado a mi subconsciente que temo que se haga con las riendas y vuelva a llenarse de un amor doloroso, así es que he elegido no estar en la vida sino más bien mirarla... «No aprenderás gran cosa de ti si te escondes», me dice con esa calma habitual que no deja espacio para la duda. Yo le digo –pero sólo es para molestarla– que qué hace sola si la felicidad en compañía es tan fácil, y ella responde que según mi teoría de la elevación de conciencia y el auténtico encuentro con el *sí-mismo* está justamente en el camino correcto para encontrar otro *sí-mismo* igualmente feliz y completo. Y ciertamente lo está. Algunos maestros orientales afirman que nadie está preparado para ser feliz junto a otro sin haber probado la soledad y haberse sentido cómodo en ella. Aunque no creo que la soledad tenga nada que ver con ese paseo por las nubes cuando cumples los treinta que nuestra sociedad llama emancipación. La verdadera soledad, la soledad nutritiva, esa soledad que por fin he logrado convertir en hogar, es la soledad emocional, la que te lleva a encontrarte con tus pequeños o grandes fantasmas, hasta que te paras a pensar, comprendes y avanzas. Es algo así como una «consciencia de soledad», una forma de estar en la vida que debería ser posible incluso en pareja, porque no es un estado físico sino una actitud interior... Pero donde no puede producirse esa especie de pacto de intimidad porque hasta la última neurona está descentrada, es durante la fase de enamoramiento que te hace sentir «vivo al fin», como si nunca lo hubieras estado. ¡Qué desperdicio esperar a otro para ser uno! Es un verdadero drama, visto con perspectiva. ¿Es realmente indispensable caer en algo así cuando estás cerca de cumplir los sesenta? ¡Por Dios! ¡Es el colmo de la inconsciencia! El enamoramiento es ceguera, y es evidente que un misterioso yo que vive en el sótano nos tiende ese tipo de trampas para mantenernos bajo un efecto narcótico que le permita seguir llevando las riendas... «¡¡Ja, ja, ja, ja!!», ríe desde su profunda caverna... Es después cuando llega el desengaño y uno vuelve a encontrarse metido en la relación hasta el cuello. Entonces aparecen el señor conformismo, el señor adulterio, la señora tristeza y sus agrios retoños, el reproche y la culpa. ¡Toda una multitud bajo las mismas sábanas!

Pero mi madre no aprende. Llega y me suelta ese «me he enamorado» que llena de preguntas el aire, y la dichosa frase queda frente a mí como una sucesión infinita de puntos que a cierta distancia sólo parece una línea continua sin principio ni fin, igual que un monitor donde se han agotado las constantes vitales. ¡Cualquiera le hace ver justo ahora que su efusividad se parece demasiado a aquel otro inicio del que no supe nada hasta que papá se marchó! Decía que lo que hace la muerte es contarte las cosas de manera ordenada, y que por eso era capaz de volver sobre sus propias huellas y encontrar el sendero perdido donde los recuerdos habían sido fósiles durante tantos años. De repente cobraban forma volviendo a la vida, servidos como legado a mí. «Mi pequeña retoño de piel de azucena...» Y mamá se enamoró de mi padre, del fuego instalado en sus ojos que con los años le quemó las entrañas. Pero no hubiera dejado de vivir lo vivido porque arder en sus brazos fue tocar un pedazo de cielo. Y ahora no sé si arder es lo que le hace sentir viva realmente y la carrera de Historia sólo era un queja inventada; porque se ha enamorado como quien no ha vivido el desastre, o quien ha elegido olvidarlo, y no hay nada que yo pueda hacer para recordarle lo que ya es fósil de nuevo.

Me he vestido como una autómata para salir a tomar mi segundo café, la dosis justa para empezar bien el día. El automatismo no me preocupa en exceso porque es algo que hago a menudo, pero sí me sorprende no tener la más mínima idea de cómo he llegado a escoger la ropa que llevo puesta. Supongo que mi organismo pide a gritos su segunda dosis de cafeína. Parece que mi cuerpo está habituándose a duras penas a un ritmo que no es el mío. Siempre he sido bastante noctámbula y ahora debo estar en plena metamorfosis, porque aún trasnocho y, sin embargo, estoy despierta antes de las siete, duermo mucho menos que antes y bebo mucho más café. El sábado, por ejemplo, me acosté cerca de las tres de la mañana y a las siete y veinte ya estaba en pie. Estuve leyendo un rato y después salí a desayunar en Miau, una cafetería calle arriba, casi a la altura de Génova, que amanece antes que nadie, como yo últimamente, y donde a veces se dejan caer personajes variopintos que me invitan a levantar los ojos y fijar la vista sobre sus cabezas... ¡No puedo evitar mirarle el pelo a la gente! Pienso en mi colección de mechones e imagino lo que no dicen de la persona. Los mechones de pelo son como la última capa de cebolla que recubre nuestra complejidad psíquica. ¡Nadie diría que bajo ese mocho amarronado, rojizo, negro... se oculta el único bulbo que se arranca a sí mismo lágrimas en caudal! Creo que por el símil de la cebolla llegué a la conclusión de que me interesaba guardar mechones junto a unas breves notas de lo que sucede en mi estudio cuando se cierran las puertas y ya sólo estamos mi cliente y yo.

Por eso el sábado llegué al salón con la determinación de comenzar el proyecto que mi madre llama la «pelipedia», porque viví uno de esos encuentros que la dejan a una perpleja. Al llegar a la puerta de Miau coincidí con una pareja de mediana edad, cincuenta y tantos, que paseaba a un perro con aspecto de cazador, una hembra creo. La llevaban suelta. Debían ser algo menos de las ocho de la mañana, y la que supuse la esposa parecía tener prisa y gruñía a dos o tres metros por delante del marido, volviendo la cabeza en cada gruñido, mientras el esposo parecía más entretenido en observar atentamente cómo su mascota olisqueaba el tronco de un árbol con perruna concentración e interés. El marido comenzó a inclinar el tronco, el suyo, alargando la mano para coger al perro por el collar, y desde mi ángulo pude observar con perspectiva que la diagonal trazada por la dirección de su mano era errónea y que no obstante insistía en seguir inclinándose a favor de la gravedad, así es que quedaría irremediablemente plantado en el suelo como a veinte centímetros del cuello del animal. Sin embargo, por algún motivo aquel hombre no detenía el avance... La escena se produjo a cámara lenta, de modo que pude observar y preguntarme cómo era posible que no tuviera la más mínima intención de rectificar la diagonal ni mover los pies del suelo para acercarse un poco más al bicho... Le miré el cabello marchito mientras caía muy lentamente hacia delante. Lo tenía canoso y daba la sensación de estar ligeramente áspero, como falto de nutrición. Lo último en lo que uno piensa cuando alguien está a punto de estamparse contra el suelo, es a qué pueda deberse el aspecto rasposo de su cabello. Pero yo lo hice mientras observaba la curva lenta de su cuerpo. Aquel hombre era como un mecanismo articulado de los que producen un movimiento programado del que no pueden salirse. Los pies parecían clavados por las puntas en el adoquinado, los talones se erguían levantando el peso de toda la estructura, que iba suspendiéndose hacia delante mientras la mano avanzaba lentamente en dirección al tronco del árbol, la cabeza del perro permanecía estática en la misma posición inicial, en el lado opuesto del tronco sobre el que acababa también de inclinarse con la patita derecha ligeramente elevada para dejar unas gotitas de orina, lo que también me hizo desviar un momento los ojos buscando el órgano de la micción, porque aquello que parecía una hembra iba marcando el terreno con la pata hacia lo alto llamando al vecindario a reconocer su perfume, mientras su trufa olisqueaba el universo aromático alrededor, indiferente al acercamiento errático de su amo, a punto de estrellarse en el suelo. En un simple parpadeo, el rostro del hombre quedó estampado en los adoquines, y yo corrí a socorrerle mientras la esposa me decía como si hablara de un trasto: «¡Déjalo ahí tirado!, ¿para qué vas a levantarlo?»

La miré atónita por encima de su frente, pelo ligeramente ondulado de color marrón mate, desprovisto de luz, sin sonido: eso que es como el eco a la voz, el reflejo que queda a su paso... Me agaché con urgencia para tratar de hacer mi parte, mientras la esposa manoteaba en el aire y repetía que estaba muy bien tirado en el suelo. De pronto se agarró sendos lados de la cabeza y se puso a agitarla como si fuera una coctelera, mientras yo trataba de ayudar a incorporarse al pobre borracho (el olor dejaba una huella evidente), que se llevó la mano al rostro ensangrentado, y entonces me dijo que debían haber sido sus cervicales y que se quedaría sentado un instante. La escena era de un surrealismo más bien daliniano, empezando por la luz del día, que dejaba reflejos dorados en algunos ángulos de las fachadas mientras el cielo neblinoso había mermado la intensidad solar y daba la sensación de que la ciudad tuviera una techumbre plateada por encima de las azoteas. Me pregunté qué habría bebido y desde qué hora... «Caballero, ¿no quiere que...?»«¡Hala, hala! No se preocupe, joven», dijo él... Al dar la vuelta, la mujer me miró y dijo, «¡como si se muere!», y yo desaparecí tras la puerta de la cafetería y fui directa a la barra para hablar con Néstor del amor sádico.

Néstor es camarero en Miau, tiene cuarenta y tres años y está soltero y sin compromiso. Dice que no hay mujer que le aguante, y creo que tiene razón. A mí me cae bien con mesura, porque tiene un sentido del humor que me gusta para iniciar el día, pero reconozco que es perezoso hasta el descaro, y que más chistes de la cuenta podrían llegar a cansarme en menos de una semana... Dice que va a mínimos porque a él le mantienen en mínimos salariales. «¡Con la de cafés que se toma la gente de más gracias a una buena conversación!». Así es que, como el valor añadido no se paga como es debido, él llega hasta donde llega, despacito y con buena letra, «que todavía queda tralla por delante...» Lo que tiene Néstor es cara dura. Es chileno, de origen español por línea materna, nacido en Valparaíso, en el Cerro de Esperanza, que según me ha contado está al norte de la ciudad, y ha debido ser vago toda la vida. Su padre era empresario y le tuvo empleado un tiempo, pero después debió agotarle la paciencia y le embarcó para España... (Esta parte son ya conjeturas mías, él sólo se reconoce hijo pródigo). Lleva cuatro años repitiendo que está a punto de hacer el cambio de regreso a casa, porque no hay nada aquí que le ate, «y ya uno viene añorando a su gente...». Llegó hace dieciséis años y ha sido chico de reparto, portero de noche y camarero, que es la ocupación que más le dura, aunque lo que a él le gusta es la gente, y yo trato de buscarle un hueco donde le paguen por hablar, que es en lo que se le va el tiempo; pero me temo que se le ha pasado la edad para algunas cosas, y aunque todavía conserva un físico del que puede presumir alegremente, para unos ambientes le falta un buen fondo de armario y para otros le sobran años (es él quien lo dice, aunque reconozco que el argumento me ha convencido).

Al entrar ha guiñado un ojo y me ha hecho un gesto con la mano que debe significar «enseguida estoy contigo y me dedico a ti como mereces». Después se ha acercado y me ha puesto un café largo y un vaso de agua, hemos charlado un par de minutos y me ha repetido lo de siempre: «me queda poquito ya en tu tierra...» Le he dicho que me avise para desearle lo mejor, y me ha recordado que Valparaíso es una de las mejores ciudades del mundo y que él estará esperándome con los brazos abiertos. Me ha guiñado un ojo con carita de pícaro y ha puesto labios de beso al aire; después ha elevado la vista como si escurriera el bulto. Así llevamos ya cuatro años, entre guiños estudiados y labios muy fáciles pero nada convincentes. ¡Menos mal que soy asidua esporádica!

Néstor me transmite buenas vibraciones, eso es verdad; pero temo que si ahondara más allá de las charlas irrelevantes que nos traemos de cuando en cuando, podríamos llegar a algún punto donde siento que su vida comienza a pesarle. No sé muy bien por qué tengo esa percepción, porque lo cierto es que le arranca una sonrisa a todo el que se deja. Lo que sucede es que nos hemos encontrado a solas su mirada y yo en algunas ocasiones en que parecía totalmente ausente, y en ese instante han sucedido imprevistos. ¿No es curioso que pasen este tipo de cosas? Yo he llegado a la conclusión de que si el pelo es la capa de cebolla que lo tapa todo y dice sólo para el que sabe, los ojos por el contrario son una puerta de acceso a las emociones, pero sólo cuando se dejan, claro; a veces los ojos también saben mentir... Néstor no se deja ver en realidad, pero un par de veces le cogí a traición, desprevenido de ojos hacia dentro, y creo que no, no es oro cuanto reluce. A Néstor lo escaneas en serio y se queda sin bromas, de eso estoy casi segura.

Tengo una hipótesis sobre el peso emocional del ser humano: entre el setenta y el noventa por ciento del peso se lo debemos a las relaciones paterno-filiales, y del diez al treinta por ciento restante es pura herencia genética... Cuando digo «se lo debemos», me refiero a todos, claro está, a la Humanidad al completo; por eso no podemos echarle a nadie la culpa, escupirlo hacia fuera y librarnos de él. (Bueno, es cierto que en ocasiones sí somos capaces de utilizar de ese modo la culpa para descargarnos, pero sólo cuando hemos incorporado en el disco duro esa bendita facultad de ser tremendamente injustos con la vida del otro). Mi teoría es que tenemos dos únicas opciones para hacer las cosas: o bien vivimos felizmente con el peso hasta el fin de nuestros días, o bien hacemos algo por quitárnoslo de encima, lo que pasa por una meticulosa detección del origen y estimación de porcentajes (de responsabilidad, claro).

Yo hice algo así con mi madre. Durante los primeros años de mi vida consciente, cuando comencé a pensar por mí misma a la edad de siete u ocho años, me alejé de papá y sus manías por lealtad a mi madre y aquello me duró hasta bien entrada la adolescencia. En realidad nunca tuve ningún motivo para despreciar a papá, pero el hecho es que lo hice. Mi padre era déspota y gruñón cuando se tocaba el entresijo político. Era marxista hasta la médula y declaradamente anticlerical, eso lo sabía todo el mundo. Yo estudié donde quiso mi padre, en un colegio laico y obrero, y me relacioné con gente de la calle, y tuve que conocer los comienzos de todo, la base de la pirámide que sustenta el sistema capitalista, como él repetía, sin perder jamás de vista a quienes ocupaban la cúspide, los grandes poderes que gobiernan el mundo, «santaiglesia» –como papá la llamaba– incluida... Siempre dijo que sería mi propia conciencia la que me dejaría o no escalar aquella pirámide, que mi conciencia era lo único a lo que me debía, y que si mi corazón era de izquierdas pero mi conciencia era sorda, algún día derramaría lágrimas por ello. Aquellas fueron las enseñanzas de mi padre y el motivo por el que quise convertirme en monja de clausura a la edad de once años y hasta cumplidos los quince, momento en el que toda mi vida dio un giro inesperado: dejé a mamá y me mudé al universo de papá. Todo metafóricamente, claro, entre las mismas cuatro paredes y bajo el mismo techo.

Recuerdo que para entonces mamá ya había dicho muchas veces lo harta que podía llegar a estar de mi padre. Él decía que por defender sus ideas podría llegar a matar, y mamá decía que matar nunca, pero que tal vez morir sí; aunque jamás por hacerle justicia al concepto de izquierda acuñado por otros... Yo empezaba, sin embargo, a sentirme identificada con la izquierda y sus valores, con la libertad progresista, con el derecho de manifestación, la rebeldía, el disentimiento y el ateísmo... Cada vez que mi madre se enfrentaba a papá, se enfrentaba en realidad a nosotros, a mi padre y a mí, el tándem familiar en pro de la igualdad y las libertades. Papá comenzó a regalarme libros, a enviarme a estudiar en el extranjero y a concederme la libertad de elegir frente a lo que consideraba el simplismo represivo de mi madre, que seguía pensando una sola cosa: la vida es una y nuestra, lo demás es y pasará a la Historia... Ahora me pregunto qué quería decir en realidad con aquello de que la vida es «una y nuestra»; ¿hablaba del *dolce far niente* o algo similar? Porque lo que le he visto hacer desde que nos dejó mi padre, ha sido operarse la delantera y planear viajes a cualquier parte del mundo. Parece que sólo quiere irse. Entretanto diseña cenas secretas a las que nunca me ha convocado y reuniones preciosistas para gente esnob, mucha de la cual viene a peinarse al salón, motivo por el que me es fácil atestiguar el vacío existencial que rodea a mamá de un tiempo a esta parte.

Adoro a mi madre pero no entiendo cómo llegó a conformarse con una visita a la iglesia por las mañanas... Nunca antes se había declarado católica, cristiana o como quiera que ella lo llame. A decir verdad nunca se declaró nada que hubiese sido clasificado por otros, salvo mujer, claro está; y aún ahí, siempre ha conservado su derecho a una opinión propia sobre lo que es «ser mujer». ¡Tardé años en llegar a comprenderla! Ahora, no sé lo que hace allí dentro pero da la impresión de que va dejando cada día recuerdos de lo que era antes, vaciándose de todo, mientras se niega a contemplar nada que no sea su instante más inmediato. «Lo que soy ahora», dice, y después guarda silencio porque no quiere perder un sólo minuto en pensar; ella, que iba más allá de las ideas siendo la libertad misma, la conciencia misma, lo mejor de cada idea que se hubiera hecho decálogo, Biblia o tratado. Papá dijo siempre que el suyo era el recurso de los «fáciles», de los alegres, de los que van «de bobilis» por la vida. Y durante años, yo también lo creí; y hasta tuve que marcharme de su lado para no herirnos más...

El tiempo pasa volando. Por más que trato de verle la relatividad al concepto, lo cierto es que las cosas suceden a velocidad de vértigo, una tras otra, y eso no es relativo, es indudable. Hace algo menos de cuatro años que vivo en este apartamento, justo encima del salón, y han sucedido muchas cosas desde entonces. Max se ha convertido en la pincelada de un recuerdo sobre un lienzo en blanco y mi padre ha muerto, y al hacerlo, ha dejado la memoria llena de instantes que necesitan orden. Papá, frente al olvido, es un homenaje al *horror vacui*, un cuadro atestado de imágenes, un colapso figurativo donde la imagen que más se repite es el rostro de mamá y él contemplándola, ya exhausto. Todo eso está en mí estos años, y mientras el tiempo pasa a esta dichosa velocidad de vértigo, yo mantengo las mismas preguntas y me aferro un poco más cada día a esta soledad tan dulce donde me siento en paz.

VII

Frente a la esquina del vivero hay una plaza. No es la más bella de las plazas, desde luego, y tampoco es la más sucia a pesar de las noches de insomnio de fines de semana todo el año, pero tiene una sonrisa diferente a casi todas, de ser sólo de paso, sin fuentes, ni columpios, ni terrazas donde quedarse un rato a contemplar la vida, o a leer el periódico. (Sí es una de esas plazas donde sacar al perro, aunque no todo el mundo se esfuerza en mantenerla limpia). Es una plaza simple, sin flores ni ornamentos, diría que olvidada. Aquí no se detiene salvo el camión que riega las aceras de alcohol y otros residuos, y algún que otro habitante de las calles. Conecta otras dos plazas que reciben turistas, pedigüeños, noctámbulos y caras conocidas. Pero aquí, sin embargo, es todo un *ir-venir* de transeúntes, un trozo de Madrid que mira al cielo, con rostros diferentes cada día, y recibe muy poco.

Al mirar esta plaza, lo único perenne es el asfalto, los árboles grisáceos y una anciana apostada en la otra esquina, justo en el lado opuesto de la calle donde surgió el vivero. La anciana mira al frente, la misma posición durante meses, un día y después otro; la silueta es liviana como un simple suspiro, los pómulos salientes, las mejillas hundidas al pasado y la boca mermada que ha perdido los dientes. Apareció un buen día, y transcurren mañanas en invierno, en verano, y a la tarde se ha ido, así, sin más; de buenas a primeras sólo desaparece, y hasta el día siguiente... La anciana de la plaza es un misterio. Su presencia de pie en el mismo lugar es algo intermitente a lo largo del día, siempre sola, la espalda reposando en la fachada, los pies mirando al frente, las manos, alrededor de un bolso grande, desvencijado, oscuro, se sostienen al final de los brazos delante de su vientre, y la cabeza rota a derecha e izquierda observando la plaza o tan sólo perdida. De pronto ya no está... La esquina queda muda durante algunas horas, y no sucede nada, excepto el *ir-venir* de transeúntes a este lugar de paso. Muchos de los viandantes se asoman a la verja del vivero e incluso se aventuran a traspasar la puerta para curiosear un rato o hacer un par de fotos. Entonces reaparece la anciana de la esquina, a veces ya a la tarde, de pie bajo un paraguas, o bajo el sol de agosto que comienza a posarse cada vez con más prisa sobre las azoteas.

Estos días, la anciana de la plaza lleva sobre los hombros una especie de chal de color amarillo sobre una blusa blanca con mangas hasta el codo y un pantalón tejano con algo de campana en la caída. Lleva gafas de ver y el pelo recogido. El color del cabello resulta extravagante; un rojo anaranjado que parece un error en la estética frágil de una mujer anciana, como una confusión que resulta evidente pero que nadie enmienda; un pelo casi fuego enrollado en sí mismo que parece postizo sobre esa piel tan lacia.

La anciana de la plaza no es ninguna indigente que ha hecho de aquella esquina una especie de hogar. Sólo pasa las horas. Salvo el color rabioso del cabello, tiene un aspecto sobrio y desprende elegancia. Una elegancia fría. Confieso que la observo con devoción de esteta. Quizá deformación. Pero hay algo además en este personaje anónimo de cualquier narración de Victor Hugo o Dickens que te arrebata el alma: pasa las horas muertas en la esquina olvidada de una plaza cualquiera; espera o sólo ofrece y nadie se le acerca. Ella es una más de tantas mujeres dispuestas en hilera dos calles más abajo, solo que el tiempo cruel de pronto la ha hecho anciana.

Al elegir la vida, no vemos resultados; vivimos el presente, el instante inmediato, con algunos planes a corto o medio plazo que a veces nos ayudan a tener un sentido de dirección, un «norte». Sin embargo –y excepciones aparte– diseñamos la vida improvisadamente y ella es quien nos sorprende y lleva las riendas y nos mueve a su albedrío. La Humanidad parece una larga cadena de producción en masa, una suma callada de sucesos idénticos que no piden preguntas ni ofrecen las respuestas que realmente buscamos... Y de pronto te paras y observas lo distinto. La excepción no interesa tanto como la suma. La individualidad a veces tiene un coste elevado: la soledad la espera como un alma gemela.

No soy un caso aislado, desde luego, solo que de un tiempo a esta parte, coincidiendo por fin con el adiós a Max, he descubierto que la verdadera vida está dentro, es una simple experiencia interior, un modo de sentir conforme sucede cuanto sucede. Vivir en cualquier caso es algo individual, un sendero que avanza hacia la soledad y que no se detiene. Por eso creo que al vivir bajo las reglas que nos dicta el diseño social, lo que hacemos realmente es retrasar la experiencia de soledad al momento álgido que es la vejez. A mí, la anciana de la plaza me ha hecho pensar en ello... Si la soledad es el desenlace común a todos, ¿por qué no entenderla cuanto antes y permitirnos el espacio íntimo donde podemos ser nosotros y no algo a la medida de otros?

Creo que la producción de vidas en masa es una respuesta a la búsqueda de identificación para no estar solos, para no sentir la distancia unos de otros. La individualidad nos aleja y nos conduce hacia una soledad demasiado temible. Navegamos en la superficie de la vida sólo por miedo a buscar nuestra propia luz en la profundidad de sus aguas. Nos engañamos a nosotros mismos convenciéndonos de haber elegido un modelo de vida genuinamente «nuestro»; creemos diseñarlo a medida, cuando en realidad concebimos una existencia a base de elecciones desde fuera hacia dentro y no a la inversa, como si la vida se mostrase en un inmenso escaparate que ofrece mercaderías a disposición del consumidor: «¡Elija usted marido, o quédese soltera y pertenezca a uno de nuestros grupos de mujeres radicalmente progresistas y emancipadas!» Está bien. ¿Por qué no? Supongo que cualquier elección es correcta. Pero me pregunto quiénes seríamos realmente si ningún condicionamiento o herencia nos marcara el camino... ¿Qué lugar en el mundo elegiríamos para empezar a dejar nuestra propia huella? Y cuando digo lugar, hablo de un lugar interior, un hogar psíquico donde reconocemos paredes, techos y visillos tras las ventanas, un hogar confeccionado de verdad a medida, donde cada elemento ha encontrado su espacio en el momento exacto. Ese espacio interior debe contener lo que de verdad somos.

Hogar psíquico, refugio de los recuerdos... El hogar es la calma, la memoria perdida en el paso del tiempo, el origen de los primeros sueños, las primeras renuncias y las primeras elecciones con las que precipitadamente nos abalanzamos sobre la vida. Elecciones como el amor que se adapta a los planes de la familia, o que quizá es antídoto para las cicatrices que nos dejó la familia. Por eso temo –y supongo que lo que quiero decir es *TEMO*, sí, temo con letras mayúsculas– la precipitación del enamorado. Me asusta pensar que alguien a quien amo tal vez se lance a los primeros brazos que le arrebaten la soledad, el miedo a la vejez o a la muerte. Temo la presión exterior que a empujones nos arrincona en una esquina donde hacemos cola bajo la promesa de recibir el visado hacia la felicidad completa. Nuestro hogar interno está lleno de trastos entre los que no es posible encontrar el espacio para pensar quiénes somos, para respirar aire puro, para sentirnos realmente... Allí dentro se nos pasa la vida y lo cierto es que no estamos mal, sobre todo porque a nuestro alrededor todos viven en su propio cuarto de los trastos, y esa identificación con el otro nos ayuda a sentirnos en paz.

El vivero, sin embargo, es una fábrica de individualidades. Hay un secreto que Camila no comparte conmigo, y no obstante lo cambia todo: ¿Conocía el poder de sus plantas para llegar al alma, o es una mera observadora que ha aprendido a comprender lo que sucede en su esquina? Cuando Camila atiende a un cliente, nunca permite que nadie más esté a su lado, te invita a dar una vuelta y «seguir buscando», como ella dice; y cuando le pregunto a este respecto, lo único que responde es que los seres vivos se eligen mutuamente. «¡Eso lo sabemos las dos, Maca!», añade habitualmente, y después ríe, como si todo fuera un simple chiste... Pero el hecho es que aquí suceden cosas; quien entra ya no es el mismo, aunque no le ocurra de golpe sino más bien lentamente. Camila tiene sus propias reglas, que cumple de manera escrupulosa. La primera de esas reglas es que las plantas no se regalan, jamás. «Es demasiado personal», dice; «si has venido a por algo vivo, eres tú quien realmente está buscando algo en tu vida. ¡Cómprale un libro a tu madre! Los libros siempre tienen algo para cualquiera, pero no un árbol; un ser vivo es ese compañero de viaje, y cuando enferma, algo en ti mismo está enfermo, y cuando sana... ¿qué sientes cuando sana, Maca?»

No lo sé. La verdad es que no sé qué siento cuando a una planta le sucede nada, sobre todo porque yo aún no tengo mi propio frutal enano, como Leonor y su «calamidad», que ciertamente son uno. Nunca le presté demasiada atención a las plantas; y cuando he querido llevarme algo del vivero, Camila me da el alto y me pregunta qué busco allí dentro. «¡Qué sé yo!», le digo, «algo lindo...»; y entonces comenzamos a disertar sobre cualquiera de los grandes temas que atañen al ser humano, o todos ellos a un tiempo. Pero ella insiste en que toda mi actividad mental es otro lugar más donde esconderse, y que sólo voy a encontrar el punto de inicio y final de mí misma cuando sea capaz de abandonarme por completo con todas mis teorías sobre la soledad, el amor, la elevación de conciencia y la muerte. Dice que toda yo soy mente, que a pesar de mis aciertos filosóficos, vivo ahí arriba mucho más que aquí dentro, y señala mi frente y mi corazón cuando repite lo uno y lo otro. En eso intuyo que tiene razón, porque cuando mejor me siento es cuando guardo silencio y logro escuchar la calma en la boca del estómago... Esto no lo he hablado con ella, desde luego, porque reconozco que me cuesta dar mi brazo a torcer; pero sobre todo porque creo saber en qué momento estoy de mi vida: a mí también me sobra tanto ruido, pero sé que todo tiene un proceso y me limito a mantenerme atenta. Al menos eso es lo que creo.

El vivero no deja de atraer gente de lo más variopinta. Camila es una anfitriona perfecta, y a última hora de la tarde, cuando mi propia actividad cesa, suelo presenciar la suya con verdadero embeleso desde mi habitual rincón bajo la pérgola. Le gusta la gente, eso se nota, y aquí suceden cosas que merecerían una rápida captura fotográfica porque pasan de largo y después sólo queda el recuerdo. Me contó que fue justamente esa mirada detrás del objetivo la que le indujo a buscar un hueco al otro lado. En su *Muestra de sentido común número siete*, la última exposición de fotografía que presentó en París, Camila reunió únicamente instantáneas de pies enraizados en cualquier lugar del mundo, e invitaba a observar al individuo a través de sus pies, y ver más allá de las llagas, del color, de la suciedad, o de la perfección estética sobre un tacón de quince centímetros. «Mírala bien», creo que decía, «*regarde-la bien*». Después de aquello, Camila no volvió a exponer, no volvió a viajar, y cambió la cámara por unas tijeras de podar y una regadera de latón con la que riega sus árboles uno a uno. En relación a su antigua pasión por los viajes, dice que ya vio todo cuanto necesitaba para saber que su sitio es este vivero, y cuando le preguntas por qué dejó la fotografía, sólo responde con una sonrisa y encoge ligeramente los hombros.

En el vivero hay unas cincuenta especies de árboles y arbustos reducidos a unas dimensiones razonables para hablarse de tú a tú. Camila está convencida de que para llegar a comunicarse con un bonsái tienes que haber hablado ya mucho contigo mismo; por eso cultiva árboles de talla media, la mayoría frutales, aunque algunos solamente son plantas, a primera vista de lo más vulgares, con aspecto de árbol y sin frutos ni flores, un conjunto de ramas y un tronco pelado en la base, y con un moño arriba, las hojas. En realidad, si le quitas la parte espiritual a todo esto, lo que hace Camila es también peluquería. Tal vez por eso me apasiona verla manos a la obra con las tijeras puestas, aunque lo suyo es una labor mucho más minuciosa y lenta, claro está; un *neoárbol* no empieza a verse hasta pasados dos o tres años de la primera poda.

Mi amiga dice que mi pragmatismo a veces me pierde. Yo sé que es verdad, pero dejo que mi proceso de avance espiritual o lo que quiera que sea, ocurra a su propio ritmo, sobre todo porque de algún modo sé hacia donde voy, y estoy convencida de que debo permitirme esos accesos de trivialidad irónica que han sido tan «yo» en otro tiempo. Así es que le llamo «moño» al ramaje de sus «neoárboles», o le digo que, a fin de cuentas, ambas tenemos la misma tijera en los dedos, y ahí aparco su insistencia sobre mi falta de concentración y silencio sin más. Pero cuando abandono esta careta, que tal vez ya no necesito, no sé, y me dedico simplemente a observar, a *regarder bien*, veo que en este lugar hay magia, y reconozco en Camila a una mujer excepcional cuyo silencio dice cuanto yo insisto en desmenuzar y reconstruir con palabras, hasta haber sustraído la sinopsis de cada pequeña pieza del puzzle que es esta extraña existencia. Lo mío es la comprensión de las cosas. Y así he llegado a saber quién soy, qué busco, y por qué necesitamos la soledad y el encuentro con los propios fantasmas antes de poder amar finalmente...

VIII

–Hola, cariño, ¿qué tal tu día?

–¡De locos!

–Últimamente llevas demasiada prisa.

–Otros dirían que el negocio funciona, mamá. ¿Cómo estás tú?

–¿Y el resto de tu vida qué hace entretanto?

–Ya lo sabes, Marisa, soy mi propio proyecto en pleno estudio de mercado.

Cuando le respondo así a mi madre, quiero hacerle entender que no la he llamado para que le ponga peros a mi vida, sino para saber cómo está y si comemos mañana, o tiene demasiado lío con su enamoramiento y su cena y quiere que lo dejemos para la semana próxima... Me doy cuenta en este preciso instante de que a nivel inconsciente creo que todo ha cambiado entre nosotras con la aparición de ese señor que ahora es su amor. Siento como si la evidencia de mis emociones aflorase junto al aroma de lirios que deja el perfumador de hogar que Teresa esparce en el aire todos los días. Temo que será necesario que mi madre atraviese un período de maceración sumergida en su repentino estado de idolatría, hasta que se le haya pasado la efervescencia primera y vuelva a pisar tierra, hija incluida.

No tengo ningún dato que me permita anticiparme a la jugada, es cierto. Supongo que hay certezas que sólo llegan del almacén donde tenemos guardadas nuestras creencias, y las mías están ahora mismo muertas de miedo, porque sólo concibo el enamoramiento como un efecto irracional que nos encarcela, y mi madre está dispuesta a encarcelarse solita. Como le ha dado por vivir sin análisis, va a lanzarse ahí de cabeza, lo tengo claro. Así es que estoy esperando que me diga que ya retomaremos el ritmo normal de aquí a un par de meses, cuando regrese de algún viaje de aventura al reino de Bután, o cualquier otro perdido enclave donde no haya transcurrido el tiempo, y donde lo de pensar bien las cosas no esté de moda.

Lo que tengo es miedo, miedo a perderla. Me siento tremendamente infantil, celosa y dependiente. ¿Qué le voy a hacer? No tengo familia directa; ni abuelos, ni tíos, ni hermanos... No tengo novio ni padre. Durante una época hubo familia lejana, pero después fue perdiéndose en la lejanía. De la familia más próxima sólo queda viva la única hermana que tuvo papá aunque lo cierto es que nunca llegamos a relacionarnos con ella por simple desavenencia ideológica. Sé que está viva y en Santander, porque de algún modo mamá le sigue la pista. El resto de la familia está muerta o no llegó a nacer nunca –y esto lo digo por los quince abortos de mi abuela después de dar a luz a mi madre. Eso también debió ser un trago, imagino, porque mamá se pasó la niñez viendo cómo su madre sangraba entre las piernas y después permanecía una o dos semanas en cama, hasta que podía ir incorporándose poco a poco y retomaba el cuidado del hogar y la maternidad, aunque siempre bajo la vigilancia del médico y cada vez más débil. Así es que Marisa, mi madre, con aquel panorama a sus espaldas, tenía pocas ganas de embarazo, y eso lo ha dicho siempre, pero tampoco estuvo tranquila hasta nacer yo y tener algo importante a lo que dedicar su tiempo. Son todo palabras suyas que llegaron con aquella confesión por capítulos cuando papá murió, supongo que porque necesitaba purgarse como mi gato cuando tiene un empacho.

–Bueno, dejemos eso –dice mi madre–; iba a llamarte para cancelar la comida de mañana...

¡Voilà! Ahora me dirá que tiene mil cosas pendientes, y me dará instrucciones para su cena. El enamoramiento de mamá quiere frenarlo todo, hasta los únicos momentos de intimidad madre-hija que nos permite el ajetreo diario, y yo me

anticipo a la jugada y resulta que acierto.

–El martes salimos de viaje, cariño. ¿No es fabuloso? Ha surgido todo de pronto, una idea un poco loca, lo sé, pero ¡qué demonios!, sólo se vive una vez. Iremos de un lado a otro, ¡hay tanto que quiero ver, hija! Todavía no hemos decidido cuánto tiempo estaremos fuera, pero Nicolae va a dejarlo todo en *stand-by*, como tú dices...

¿¡Nicolae!? ¿Como el que trasplanta los calamondines en el vivero de Camila? ¿Cuántos Nicolae habrá en Madrid para que a mamá le haya tocado uno y a Camila otro? En este momento, pongo una cara de pánico que ella no puede ver desde el otro lado de la línea, y le digo a mi madre que si está tomándome el pelo:

–Mamá, no estarás enamorada del jardinero...

–Sí, cariño. He pensado que era absurdo seguir ocultándotelo, ¿no es fantástico?

–¿Fantástico que te hayas liado con el jardinero de Camila?

–¿No vendrás ahora con la charla sobre la edad y otras diferencias? Porque te aseguro que las tenemos todas...

Si es cierto lo que acabo de saber, mi madre viene relacionándose con un rumano que mide dos por dos y ha sido escolta y miembro de la *Securitate* hasta que ejecutaron a Ceauçescu. Adicionalmente, es diez años más joven que mamá, se llama como el mismísimo dictador comunista, y sé por Camila que en una ocasión tuvo que matar cuerpo a cuerpo a un hombre, aunque dice que no puede arrepentirse porque el otro lo hubiese fulminado a él. ¿¡Es que quiere que me dé algo!? Si la experiencia de amor romántico es una simple alternativa a la soledad, menos tétrica pero abocada a lo mismo, la elección de mi madre es hacer doblete para que no haya dudas del karma que le toca llevarse a la otra vida. Ahora sí que no entiendo nada. El pasado de ese hombre representa todo lo que aborrecía en mi padre, aderezado con una buena dosis de rudeza y un gesto huraño que tiende a esconderse tras las ramas del único árbol de tamaño normal que ocupa el centro del vivero, un olivo centenario que ya estaba allí cuando Camila se enamoró de la esquina. ¿Qué ha sido de mamá en estos años?

–Además –prosigue–, no busco aprobación en lo que hago, ya lo sabes...

Me quedo en silencio y espero todo un discurso que no llega. Oigo su respiración al otro lado; es rítmica y tranquila. Mi pulso, sin embargo, se ha vuelto completamente loco y me provoca un escalofrío bajo la nuca que recorre la espina dorsal y se vierte por toda la espalda. ¿Quién va a pagar ese derroche? No el jardinero, seguro... ¡Mi madre es capaz de haber hipotecado el *loft*! Me siento traicionada. ¡Pensé que había olvidado lo de la vuelta al mundo en ochenta días! Mamá ha perdido la cordura...

–Cariño–, susurra ella entonces –¿no vas a alegrarte por mí?– y yo le respondo que claro que me alegro si ella es feliz, aunque últimamente no entienda su vida en absoluto y llegue a tener la sensación de que nuestro pasado es un sueño al que me aferro solamente yo. Me dice que exagero, que sólo se marcha de viaje con un hombre que le ayuda a sentirse viva, y que si ella no juzga mis elecciones, yo no debería estar juzgando las suyas; pero que, ya puestos y visto que saco las cosas de su contexto, no puede dejar de aconsejarme que haga lo mismo, sentir mucho más la vida y leer mucha menos filosofía.

Mamá cree en el amor de pareja y muy poco más, por eso sigue enfadada con mi padre. Estoy segura de que esto es una especie de *vendetta*. Se ha liado con un ex-comunista rumano que trabaja como ayudante de jardinería en un vivero en pleno centro de Madrid, un proletario absoluto que jamás podría permitirse un salón de ochenta metros, y mucho menos hacer feliz a una mujer como era mi madre hasta no hace tanto.

¡¡Bomb!!

Acabo de oír un estallido en la calle, como una detonación bajo el balcón.

-¡Espera, mamá! -le digo con relativa urgencia, y la dejo al otro lado del teléfono mientras corro a enterarme de lo que ha sucedido. Estaba sentada alegremente sobre un sofá de piel teñida de un color naranja estridente que me costó un riñón. El resto de la casa es bastante neutro, en combinaciones de tonos crudos y algún detalle marrón, como las máscaras de madera de ébano que traje de Las Antillas y que parecen mirarlo todo con impertinente descaro. El sofá fue un capricho de mi madre, el único capricho que se ha permitido imponerme en casa, y eso gracias a que no era capaz de romper esta monotonía cromática por mis propios medios. «Te lo compras», dijo, y «no se hable más»; y lo cierto es que reina como un sátrapa en el centro del salón. Es suave y confortable además de caro, y refleja la luz del sol proyectando una luminosidad anaranjada en las paredes, una luz de «hora de la siesta» que sólo se apaga cuando el atardecer cede a la noche.

Teresa está asomada al balcón, justo debajo de mis pies le veo la cabeza algo enmarañada y la bayeta en la mano. Antes de subir, la he dejado con «sus cosas». Lo de sus cosas lo ha dicho ella de pronto cuando intentaba darle algo de conversación para que no pueda sentirse como una obrera desatendida emocionalmente, tal como aprendí de mi padre. De repente, se ha vuelto de espaldas y ha dicho que se iba a hacer sus cosas, dejándome con la palabra en la boca, así es que he cogido el teléfono móvil, el dinero de caja y las llaves de casa, y he subido a tirarme un rato en el sátrapa y a llamar a mamá para que me cancelara abiertamente la comida de mañana. Entonces ha venido la feliz noticia, el disgusto y lo que parece una bomba de mano que haya lanzado algún anarquista enfrentado al sistema. Nada me extrañaría porque las calles hierven no sólo verano sino también desconsuelo y emociones al límite.

El estallido lo ha producido el motor de un coche, que desprende una nube de humo gris y espesa. No sé nada de mecánica, así es que desconozco la procedencia del líquido verde que comienza a formar un tremendo charco en la calzada. He podido ver cómo una joven se ha lanzado al exterior desde el puesto de acompañante, dando gritos y elevando frenéticamente las manos. Ha debido darse un buen susto. El conductor sale por el otro lado y se lleva las manos a la cabeza, mientras la joven, de unos veinte años, continúa gritando desde la acera, hasta que un tercer ocupante asoma la cabeza por la puerta del conductor y sale en último lugar al exterior con un bebé en los brazos. Son todos sudamericanos. Eso parece. La joven se abalanza y le arrebata el bebé, lo besa y se lo lleva al pecho mientras llora. No para de llorar, y una mujer se acerca y le acaricia un brazo. La chica mueve de un lado a otro la cabeza, supongo que al ser consciente de haber puesto su vida a salvo dejando al bebé en el interior del vehículo... Tal vez sea una lectura algo perversa, pero es lo único que ocupa mi cabeza mientras observo la desesperación con la que abraza al pequeño. Siempre pensé que en semejante circunstancia el instinto maternal sería más poderoso que el instinto básico de supervivencia –una de las últimas ideas románticas que aún conservaba, supongo–, pero acaba de quedarme claro que, en un plano meramente instintivo, la primera reacción es salir corriendo ¡y después Dios dirá! Claro que, de pronto, a uno se le sobreviene la razón y le abofetea el rostro.

«¿¡Pero qué has hecho!?», le dice, «¡¡tu bebé sigue ahí dentro!!». Y entonces empieza a dar gritos como una loca para que alguien enmiende la plana.

Sé que puede sonar insensible, pero me ha dejado atónita ver que la joven mamá, presa del pánico, se ha limitado a dar alaridos en lugar de acceder a la parte trasera del vehículo y poner ella misma a salvo al bebé. ¿Esperaría la leona la llegada del león para tratar de salvar a su cría? No tengo la menor idea de cómo se comporta en la práctica el reino animal, aunque sé que el instinto de supervivencia está profundamente ligado al equilibrio natural y a la protección de la especie; ahora bien, como seres humanos debemos tener algún tipo de asignatura pendiente si sucede que salimos corriendo ante la mínima expresión de amenaza para la vida, y luego se nos viene encima la parte consciente y ¡hala! nos liamos a llorar y a dar gritos.

Lo que quiero decir es que debemos estar como a caballo entre lo animal y algo mucho más elevado y naturalmente caritativo, más «humano» en sentido lato. ¿Qué otra especie se cuestionaría la decisión instintiva salvo la humana? Pero nosotros damos gritos porque nos hemos dejado al bebé dentro de un coche que podría volar por los aires y al tiempo mantenemos la distancia oportuna por si acaso.

Esto es precisamente lo que quiero decir cuando hablo del amor de pareja como tabla de salvación ante la inevitable soledad tarde o temprano. No se puede amar realmente si lo que busca el subconsciente es un paliativo a la sensación de angustia que produce el verse desgajado del origen, de la unidad con la madre, que es de donde venimos. Y es que, mirado en detalle, el nacimiento me parece un suceso tremendamente trágico, un suceso irreversible por el que pasamos todos, y que a todos nos deja el mismo trauma: ¡Adiós al estado narcótico de placer infinito! Todo esto es una retorcida truculencia inconsciente, desde luego, así es que nadie se plantea que el estado de simbiosis amorosa pueda ser en realidad un recuerdo de flotación amniótica. Supongo que por ahí van los tiros con mamá. ¿Cómo no sentir el abandono, si después de soltarla al mundo, a mi abuela se le sobrevino un aborto tras otro y ya no tuvo ojos para el único de sus embarazos que salió adelante?

Me viene a la mente la idea de Max de que los hijos debían nacer muy seguidos, tres para que aprendieran todo lo que es necesario saber sobre las relaciones, porque según él el número dos imponía necesariamente una de entre dos cosas: sumisión o discordia. El tres, sin embargo, daba más juego a la realidad estratégica de la vida: decía que el juego de enemigos y alianzas es lo primero que ha de aprenderse. Bien pensado creo que en cierta medida tenía razón, aunque para entonces ya me hubiera cansado de ser su mejor artículo de apariencia, su «*amore*». (Lo de «mejor» no lo tengo tan claro porque jamás me dejó sentarme al volante del Lexus). Llegó un momento en que me di cuenta de que por esa misma regla de tres (o de dos), lo que formábamos él y yo me colocaba en el puesto de la dama sumisa, y aquello vino a darse de bruces con la herencia revolucionaria que recibí de mi padre, y también vino a darse de bruces con la realidad de pareja que me legaron juntos mi padre y mi madre: es cierto que la discordia es la otra alternativa para las sumas de dos.

Máximo era distinto a mi padre en lo que para mí llegó a ser prioritario: papá exigía a mi madre que fuera partícipe de la vida porque si el mundo no era de las mujeres ¡a ver de quién era!, mientras Max te pedía únicamente una cosa: belleza. Claro que aquello sólo empezó a molestarme cuando entendí que un vestido podía ser tan atroz como una celda en Guantánamo. Lo que sucede con la belleza es que al principio seduce, pero después encarcela. Uno puede ser el reo más entregado gracias a la manera en la que la belleza te mira. Claro que en realidad la ves mirarte desde los ojos de otros, y si el otro no quiere ver, o simplemente no sabe mirar, la belleza también te aparta sus dos ojos ciegos... Quizá por eso temo el repentino amor de mamá: espero que el jardinero que la ha obnubilado sepa mirar, y después de mirar sepa ver. Porque si papá supo hacer algo bien, no fue crear cordialidad y armonía, pero sí ver a mi madre. Eso lo descubrí el día en que le diagnosticaron aquella parálisis que iba a matarle la movilidad poco a poco, porque papá miró su mano derecha y enseguida le dibujó con ella una caricia a mi madre, recorriendo con delicadeza su espalda. Papá trazó una curva con forma de medio corazón y dejó morir la línea donde hubiera comenzado la otra mitad retornando el trazo hacia arriba. No dibujó aquella otra mitad, sólo dejó que la línea cayera lentamente hacia abajo.

–¡Mamá! –me abalanzo sobre el teléfono al darme cuenta de que ha pasado no sé cuánto tiempo desde que dejé el auricular del modelo años setenta que añade un toque vintage al salón. Mamá no está al otro lado. –Mamá... Mamá... –repito hasta que el vacío responde que mamá ya no está y que lo importante para ella quedó ya todo dicho antes de que me diera por salir corriendo al escuchar la bomba de mano debajo del balcón de mi casa. Cuelgo el teléfono y me dirijo al dormitorio a rescatar el móvil porque siento la necesidad de preguntarle qué haría si tuviera que arriesgar su vida para salvarme... «mcho x vivr cdo dscubrs q no hs vivido», responde a mi WhatsApp sustituyendo sílabas por grafemas, y parece que con eso se queda tan fresca. Al cabo de unos minutos, recibo un corazoncito rosa y unos puntos suspensivos que inician un texto:

«Criño remember cna el dom a ls 7. Cam ya l sabe. Ogost y Richrd tb. N vngs tarde. T qiero (puntos suspensivos) Ay mi criño!!!!!!!!!!!»

Mamá enloquece con las exclamaciones y los emoticonos, así es que detrás de una fila de palos coloca todo tipo de dibujitos y concluye diciéndome que ya no debo hacer nada en la organización de su cena, que será algo tan íntimo como lo que está sintiendo ahora mismo, que ya ha invitado a los míos y que de los suyos no vendrá nadie porque esta despedida y este viaje sólo le interesan en realidad a su niña –que evidentemente soy yo– pero que sabe lo violento que puede ser para mí un primer encuentro con Nicolae a solas en casa, y que por eso sabe cuánto bien me hará que estén mis amigos... Me recuerda la puntualidad una vez más «porque ya sabes», dice: «no me gusta que se haga tarde cenando y menos aún en domingo». Vuelve a colocar una buena fila de puntos para que el suspenso de la lectura sea todo lo largo que ella cree necesario y después añade que una de las facultades de Nicolae es la cocina, y que él se encargará de elaborar un par de platos autóctonos para que conozcamos algo más de su origen.

Me pregunto qué quiere decir con eso de conocer algo más, porque yo no conozco ni la forma que dibuja su país en el mapa. Lo que sí sé es que mamá quiere trasladarme su impacto y a eso me niego. Baste aceptar que la vida te invada cuando le apetezca y te infiltre un elemento claramente patógeno. Baste asumir que tu madre departa a su albedrío con tus amistades, que seas la última a la que convoca a la fiesta y que te pida que estés radiante para una cena que no entiendes en absoluto. Pero pedirte que te hagas esponja para absorber el impacto de su batacazo, eso ya es demasiado. Ni entiendo por qué se marcha de viaje con semejante urgencia, ni sé cómo es posible que la urgencia la dicte un ex-policía de la versión más cruenta del comunismo en el mundo. Eso ya no lo entiendo.

IX

El mensaje de Marisa... mi madre... mamá... ha quedado en el aire, clavándose en la atmósfera cálida del dormitorio como un puñado de diminutas espinas. A veces me viene su nombre así, como imponiendo distancia, y debo obligarme a avanzar hasta el momento en que volví a llamarla «mamá» y a referirme a ella como «mi madre» en lugar de «Marisa». Claro que me costó meses de disciplina que el apelativo fluyera al salir de mis labios. Al principio era como si se atascase en los dientes, y mamá me decía que no me preocupara tanto aquello del nombre, que el amor sin palabras es también amor sin barreras. Fue así como recuperamos lentamente el abrazo, que al principio era como enfundarse un corsé pero que al cabo de un tiempo se convirtió de nuevo en refugio.

Nuestra familia es tan breve que es fácil sentir vértigo cuando te asomas afuera. Es como asomarse a un acantilado desde una ventana vieja en lo alto de una pequeña casita en la costa. La imagino dominando un paraje verde y rocoso donde no hay vecinos, sólo mamá y yo dentro de las paredes pintadas de un color azul claro. Pero de pronto estoy fuera. No contenta con la declaración amorosa que no sé bien dónde me deja, mi madre acaba de sentenciar con toda naturalidad que su vida, la que está eligiendo, es lo único importante ahora mismo. No así, claro está, pero de algún modo es lo que significa eso de que hay mucho por vivir cuando no se ha vivido. Es evidente que habla de nuestra vida en familia. Me he quedado petrificada frente a la ventana vieja que domina un espectáculo visual único: un océano tan vital y enérgico que podría engullirme en este mismo instante. Veo la vida moverse en el exterior, y no puedo evitar preguntarme si hay alguien destinado a elegirme. Para papá tuve que asumir el marxismo, para Max sólo fui una pieza de estilo en medio del salón, y mi madre vive más allá de los cánones y se dedica a disfrutar el instante, lo que parece que ahora me excluye; no tengo claro hasta cuándo. Ahora el instante es un jardinero rumano, de aspecto tosco y ademanes esquivos, una suerte de máquina del sistema reciclada a persona del que resulta que mi madre se ha enamorado. Con él hará de golpe todos los viajes que habíamos planeado para los próximos años, lo que evidentemente me deja al margen. Lo que tengo ahora es un salón lleno de preguntas sobre la soledad y la necesidad de sentirse amado.

Racional o no, todo esto me duele. Sé que no es en la mujer donde ha surgido ese daño, sino en lo que me queda de niña, que tal vez sea mucho más de lo que yo pensaba. Estoy victimizándome con todo esto, me dirá Camila, y tendrá razón. En realidad, la visión de mamá sobre las relaciones humanas no es otra cosa que la versión *naïf* de mi propia teoría sobre el amor consciente. Nada de responsabilidades para con otros, hija incluida. ¿Por dónde empezar a construir el amor si una tiene este panorama entre sus cimientos? Precisamente es la madre lo que debe estar sólido ahí abajo, ¿no es cierto?

El gato ronronea alrededor de mis pies. ¡Ya me extrañaba su ausencia! Suele venir a recibirme al oírme abrir la puerta de entrada. Pero hoy ha estado oculto como si hubiera presentido una tormenta al acecho. No ha pasado nada en absoluto, nada salvo este desencuentro con la única persona que necesito para estar bien, de manera que la tormenta está dentro y eso me confirma que mi gato tiene un sexto sentido muy fino.

Ahora da vueltas pegado a mis tobillos y estira el cogote para llegar a acariciarse la nuca en mis rodillas; por algún motivo le gustan las caricias a esa altura. Mi gato no tiene un nombre fijo. A veces le llamo Rugoso, otras le digo «mi gordo», y las más sólo «gato». Él hace a todo con gusto y me devuelve las mismas caricias lo llame como lo llame. A veces pone esos ojos de rifirrafe con los que me cuestiona, y yo siento que lo que tengo a mi lado es un viejo sabio que lleva la máscara de un simple gato. En su cartilla de vacunación pone «Xam» porque me pareció una fantástica idea que el sustituto gato de Max fuera su absoluto opuesto, así es que me limité a darle la vuelta al nombre. Después pensé que la mejor versión de un sustituto para Max era su ausencia, nombre incluido, y dejé de llamar al gato de aquel modo, y comencé a llamarlo gato, y gordo, y lo primero que se me pasaba por la cabeza, hasta que se quedó tal cual, un gato esfinge que no sustituye a nadie ni tiene nombre.

Mi gato es un compañero fiel, muy perro en realidad. Me sigue a todas partes, igualito que Max en otro tiempo, pero con intenciones bien distintas. Rugoso se conforma con una buena ración de caricias, un rincón mullido y cálido, y alguna golosina. Es una de las cosas que no entiende Teresa, la vida de un gato metido en un piso. Dice que en Camboya, cuando falta la carne, a los gatos los cocinan y ya está; que son una plaga, como las ratas, pero más jugosos, y que a quién se le ocurre emplear el tiempo en experimentos para dejar a un gato sin pelo. Allí los pelan como a conejos y los cuelgan de un palo para secarlos al sol. Después hacen sopas de arroz y jengibre o los cocinan como al pollo para preparar el *amok*. Lo que nunca llegamos a saber los extranjeros, claro está, es que el pollo típico camboyano, cocinado con leche de coco y servido en hoja de plátano, es en realidad un troceado de gato callejero; aunque no siempre, claro.

Teresa dice que en su país no está bien visto lo del tráfico de perros y gatos para hacer carne, que los traficantes tienen peor prensa que las prostitutas. ¡Pero que a ver quién no mata a un gato si tiene que dar de comer a sus niños! «¡Cuánta verba seca!», repite... Lo de la «verba seca» debe ser una traducción directa de su idioma, o Teresa se ha hecho un lío con los verbos, los femeninos y la expresión «palabras huecas», que es la nuestra. Un día traté de explicarle el sentido de esta expresión, y busqué algunos sinónimos como «vanas» o «vacías», y fui relatándole con todo detalle el contenido semántico de cada uno de los adjetivos, hasta que, como es habitual en ella, se dio media vuelta y se fue «a sus cosas».

Cuando mira a Rugoso lo hace de reojo, como si fuera algo personal su presencia en la casa. Creo que si no lo ha cocinado ya es porque el pobre no tiene una tajada como Dios manda. De hecho, cuando me oye decirle «gordo», escenifica una expresión extrañada que acompaña con un encogimiento de hombros, y lo hace muy teatral, como si esperara que por fin me dé cuenta de lo absurdo que suena ese adjetivo en mi gato. Yo me pregunto qué más le da a Teresa la mitad de lo que le provoca esas caras. No puedo evitar acordarme de Ricardo y su pánico a que Teresa le sorprendiera queriéndose con Augusto en el sofá.

¡Éste es otro que tal baila! Me refiero a mi amigo Augusto. Hay que llamarle «Ogòst», con la primera «o» abierta en canal y la segunda acentuada, soportando la afectación con laxitud. Por supuesto, soy la primera en defender el derecho de cada uno a definir su identidad, de modo que le nombro con esforzado afrancesamiento que él agradece aunque ni sonría ni mueva un solo músculo facial, no por falta de ganas, sino a causa de un tratamiento a base de *bótox* que le mantiene más bien tieso, como de cera. Yo me pregunto si la mirada inquisitiva de Teresa no sería un acto reflejo inconsciente ante el rostro inevitablemente rígido de Augusto en actitud especialmente amorosa, que es precisamente cuando a uno se le desbarata todo lo facial.

Augusto es un ejemplo más de amor inconsciente. Ricardo es hoy y ahora, de ocho meses a esta parte; pero antes tuvo a Lalo, y antes mantuvo a Miguel en secreto mientras aceptaba con desgarro el final de su amor con Fer, Fernando, que fue quien sustituyó a Carlos, y en quien parecía haberlo puesto todo una vez aprendida la lección de desamor que dejó el pobre Carlos. No le conozco la soledad post-trauma (y eso que el desamor para Augusto es pura tragedia). Para él, lo relevante no es quién provoca la ruptura, sino lo efímero como concepto, y cuando llora la pérdida del amor, apuesto a que ni se acuerda del amante; lo que Augusto lamenta es la pérdida como si fuese un ser vivo. Claro que a él aún no le ha dejado nadie. Augusto es una especie de plañidera de lo efímero, melancólico como la «ò» acentuada de su nombre, delicadamente otoñal y de una indolencia irresistible. Como un mimo, deja caer la mirada bajo un flequillo negro y perfectamente desordenado y se enamora con renuncia en la distancia. Desde allí, cualquier esquina en un bar de ambiente o sentado a la mesa de un restaurante de fusión, construye una historia de amor de las de cuento, y entonces le sobreviene el imposible como una losa y deja caer una lágrima, siempre con la mirada fija en el nuevo objeto de su deseo. Es entonces cuando cruzan la sala y vienen hasta él, y comienza una historia de amor que durará seis meses o un año, el tiempo de cambiar las cortinas, hacer tres o cuatro escapadas románticas, y poner los ojos en otra parte.

Augusto era uno de los mejores amigos de Max pero se dio cuenta de que para Máximo la amistad no era exactamente un vínculo sino parte de un sistema informático escalable, como casi todo, algo a valorar en términos de cuota creciente, no tanto en calidad como en número, y preferiblemente agrupable de manera homogénea. ¡Qué desastre! Creo que es la única pérdida que no ha llorado teatralmente, entre otras cosas porque se dedicó a consolarme a mí. Se puede ser un caos como amante y al mismo tiempo el mejor amigo del mundo, el hombre más leal que una haya conocido nunca. Ese es Ogòst...

X

Salgo a la calle para estirar las piernas. Quiero beberme el atardecer de Madrid que asoma con sigilo entre los tejados. ¡El verano en esta ciudad es delicioso! La cubre un cielo azul nostálgico que sobre todo es evidente a finales de agosto, quizá porque despedirse le cuesta y el verano ya dice adiós estos días...

Hoy hace menos calor. Hemos rozado los cuarenta grados en las últimas dos semanas y esta mañana se ha levantado una brisa de otoño y los termómetros han caído diez grados de golpe, lo que a las ocho de la mañana se traducía en chaquetas de punto sobre los hombros. Ahora se arremolinan algunas nubes por encima del Palacio de Comunicaciones, y podría descargar una ligera llovizna que ya puede olerse en el aire... Voy caminando a lo largo del Paseo de Recoletos, y me detengo frente a la Casa de América para contemplar la vista más impactante de la ciudad: la convergencia de Alcalá y Gran Vía a mi derecha, Cibeles si mantengo la mirada al centro, y la Plaza de la Independencia a la izquierda. Me gustaría ampliar la pupila con una visión panorámica de esta parte de Madrid justo a esta hora, las siete y cuarenta y tres minutos de un veintisiete de agosto cercano al anochecer. Hay un reflejo rojizo en la calzada, la calle es un hervidero, los ruidos se amontonan en la discordancia del aire, que va y viene de un lado a otro, lleva y trae una amalgama sonora que me resulta invasiva hasta que logro abstraerme y concentrar el oído en lo que ofrece la vista.

Cruzo Alcalá y abordo el Paseo del Prado bajo la fachada del antiguo Palacio de Correos, que ahora es la sede del Ayuntamiento de Madrid y recibe el nombre de la plaza, Cibeles. He leído que han gastado más de cuatrocientos millones de euros en las obras de restauración, lo que me parece un escándalo. Claro que, visto como se gasta por ahí el dinero, al menos esto es un gasto visible (por lo menos hasta donde alcanza la vista). Imagino que algo se beneficiará el turismo de tal derroche, aunque no tengo claro cómo se mide la repercusión por foto de los ingresos anuales que puede generar la riada de turistas que diariamente cruza la plaza... En todo caso el edificio es magnífico y todo cuenta. La arquitectura son páginas de la Historia que hay que leer entre líneas y por eso Cibeles siempre es una oleada de gente, fotógrafos y lectores del tiempo estancado, un tiempo para construir símbolos debajo de los cuales quedaron silenciados esperanzas y anhelos. De algún modo la arquitectura lo grita, y esta plaza, con sus cuatro esquinitas como la cama que me rezaba mi abuela cuando era niña, lo que grita es su anhelo de asombro. Y desde luego lo cumple. Claro que hay gustos para todo, y es verdad que de hacerme una casita en el campo dibujaría líneas suaves y rectas entre las cuatro esquinas del mundo...

¡Qué curiosos mensajes te arroja la mente cuando le da por hablar con el alma! (porque supongo que hay cosas que están guardadas ahí dentro y en ninguna otra parte). Nunca me había parado a pensar en la idea de una casita de campo y ahora resulta que la idea me gusta. A lo mejor le sucede lo mismo a mi madre, que después de haberse gastado un dineral en el *loft*, le sobra el asfalto y lo que le falta es el olor de la tierra, que es a lo que debe oler Nicolae. Nicolae y el frutal ese que le vendió Camila y que ella dice que es un *bonsái*. Lo cuida como si fuera un apéndice de su cuerpo y le gusta pensar que ese aspecto cítrico de su carácter lo comparte también el pequeño arbolito con el que habla tanto o más que conmigo.

El paseo también está cuajado de árboles, que no son enanos sino verdaderos gigantes que no le pertenecen a nadie y tal vez tengan un carácter muy suyo, o quizá la suma de un poco de cada uno de los que miramos sus hojas... Cierro la caja de los pensamientos y desciendo el paseo para dirigirme a Neptuno. Éstos son los mejores momentos del día, cuando al vaciar la mente soy capaz de llenarme de sensaciones a las que no puedo poner nombre. ¡Envidio ese don de la palabra que tienen algunos! Quisiera tener un buen nombre que ponerle a esas ráfagas que pasan de largo pero por un instante te inundan, te absorben, te cambian... Al cruzar frente a Neptuno, llama mi atención un inmenso lienzo sobre un caballete de madera, mucho más pequeño en comparación, pero que parece no tener problemas para soportar la espectacular dimensión del cuadro. Debe medir dos por dos y aún es un detalle incipiente de la cara frontal del Museo del Prado, con el Botánico al fondo, muy desdibujado, y una hilera de árboles en el margen derecho, que en realidad sólo se intuyen al trasluz. De espaldas, el artista lleva unos pantalones de pana de color caqui, de ésos que hoy no lleva nadie porque no están en absoluto de moda y porque además hace un calor espantoso para llevar eso encima: son esos pantalones que siempre le pondrías a un bohemio, con una camisa de un tono azul pastel, como de un cielo insípido que uno puede ver en lugares de paso donde no hay sobresaltos, un azul cielo, de un cielo que no es el de Madrid en agosto.

El pintor lleva un sombrero de paja, pincel en la mano izquierda y paleta sobre la derecha. Al pasar, le digo «¡qué lindo!», y en realidad lo pienso. Me sonríe y me da las gracias. Es ligeramente pelirrojo y tiene barba a lo Vincent Van Gogh. Deduzco que no es ningún artista consagrado porque a su espontáneo agradecimiento le falta arrogancia. En arte, la humildad es para los que empiezan, no para los que están en la cima. Claro que un artista puede ser grande también por humilde, pero no creo que eso cumpla ninguna regla del juego. Por definición, la genialidad requiere cierta dosis de divismo porque el resto elevamos al cielo sólo lo inalcanzable. Por eso hay que ponerse desde el principio allá arriba aún a riesgo de que no te vean nunca. Además, en el mundo del arte hay que crecerse mucho más alto de lo que alcanzan los pies de quienes tratan de hundirte. Eso le digo a Elena, una amiga de infancia que por fin se ha lanzado a hacer de sí misma lo que guarda en su cajita del alma: el exceso de humildad puede acabar con el sueño.

Elena es escritora. No tiene editor, ni agente, ni público, y sin embargo es escritora hasta la médula. No puedo imaginar alguien más genial en el uso de la palabra, más delicado en la expresión ni más ingenioso al hablarte, como si te mirase a los ojos desde el otro lado de sus novelas. Ha escrito dos en los últimos cinco años y ya ha comenzado un tercer libro donde nos mete a todos. Ella lo llama un nudo de historias aquí, en Madrid, donde sucede tanto entre líneas... ¡No sé de dónde sale tanto que contar!, aunque ella dice que las calles están llenas de historias que de alguna forma se unen como ríos de agua en la historia única de la vida, y que si contara en una sola obra todo lo que ve día a día no cerraría jamás el capítulo uno. Pero lo que me preocupa de Elena es la parsimonia que le pone a la promoción de sus obras. Así es que el mercado no la ve, y ahora está pensando en volver a trabajar en lo suyo mientras comienza a olvidar que lo suyo era esto y que por hacerlo real dejó un buen trabajo y sacó el dinero de un fondo de ahorro del que ha ido tirando estos años.

Yo creo que Elena es demasiado modesta. Carece de ese mismo divismo que acabo de echar en falta en el pintor de los pantalones de pana y la camisa de color cielo insulso. Su primera novela es una especie de autobiografía en la que cuenta situaciones vividas por ella que dejan anonado a cualquiera, y sin embargo, se avergüenza de no haber sido capaz de contar en su primer libro nada más que sus propias vivencias.. Así es que omite el adjetivo autobiográfica cuando habla de esa novela y sólo reconoce que hay lo que ella llama cosillas reales desperdigadas entre sus páginas... Yo creo que cuando te suceden cosas como las que a Elena le han llevado a reencontrarse consigo misma, deberías levantar la barbilla y dejarte ver. Eso es lo que yo pienso.

A veces no es fácil descubrir dónde nacen algunas creencias. Otras, el origen de las mismas te asalta, y porque te asalta le pone verdad a las cosas y todo lo que ha pasado en tu vida cobra sentido... Supongo que se cierran así las historias, y supongo que por eso utiliza Elena la metáfora del primer capítulo interminable. Lo de levantar la barbilla, ser único, ser quien se es... lo aprendí de mi madre. Ella no hablaba de levantar nada que nos colocase encima de nadie, sino de erigirnos sobre nuestros dos pies y plantarlos con verdad en la tierra. Supongo que mamá me hizo ver el lado de todos, derechas, izquierdas, arriba y abajo, los puntos cardinales de un centro que quizá sea el sentido de la experiencia vital. No sé, supongo que eso es lo que pienso, que la diferencia que nos convierte en únicos quizá sea lo que hay que explorar para hacernos iguales. Aunque no iguales a ojos de nadie, sino por dentro. Creo que eso precisamente es lo que la enfrentaba a papá. Para él, había un bando de «buenos», los menos, y el resto era la corrupción del sistema. ¿Tenía razón? No estoy segura de eso. Para mamá el corrupto era el propio sistema, el lobo, la máquina; y en un sentido supongo que la indigencia en las calles, el hambre de justicia y el miedo son evidencias de que el sistema no sirve. No sé... Imagino que ambos tenían razón y todo es una cuestión de ángulos de vista. Lo mires de un lado o de otro, siempre están los de enfrente, y el hecho de estar enfrentados los convierte en opuestos. Y al convertirse en opuestos dejan de verse.

¿Quién de los dos inició la batalla? Lo que enfrentaba a mis padres es que Marisa no estuvo nunca en el bando que defendía mi padre porque aquello le quedaba demasiado pequeño como territorio. Comenzaba en un punto, papá o el de enfrente, –el traidor como él lo llamaba– e iba ampliando la visión en círculos concéntricos cada vez más grandes, de manera que todo era una sucesión de causas y efectos que terminaba en el origen de la civilización, en cómo el ser humano le había dado una forma demasiado compleja a la existencia, convirtiendo la forma en el único fin. Mamá hablaba de la evolución de la Humanidad como quien habla de algún conocido que siempre mete la pata: el tipo miope que vive aquí al lado. «El hombre fue corto de miras y ése es el principio y el fin de la Historia», decía. Y después explicaba que aunque uno debe saber muy bien si la hache de *historia* va o no con mayúscula, en este caso era como a cada cual le diera la gana... Mi padre trataba de respetar su opinión (realmente creo que quiso entenderla), pero aguantaba con los puños cerrados mientras ella terminaba de exponer sus puntos de vista que incluso él era incapaz de entender a pesar de tener la librería llena de opuestos. Papá se erizaba. Entonces empezaba a inflamársele la arteria carótida en el lado izquierdo del cuello y aquello comenzaba a palpitar desmesuradamente, hasta que por fin daba un puñetazo en la mesa y descargaba la tensión a gritos de bolchevique. Justo ahí se le terminaba la comprensión, la paciencia y el recuerdo de amor.

Mi madre decía que la solución a todo era vernos a nosotros mismos como origen y fin último de toda una Historia de la Humanidad (y aquí no había más opción que ponerle a la palabra la hache mayúscula). Estaba segura de que nuestro mundo tenía una razón de ser muy sencilla: olvidar lo que quiera que hubieran hecho otros antes, llegar como si nacer fuera el comienzo de un viaje sin maleta y sin planes. De manera que el primer escollo lo imponía el hogar, la herencia de la familia que a su vez también era herencia, y más adelante el colegio, donde en general somos adoctrinados como corderos. Le decía a mi padre que lo que él necesitaba era entender que su pensamiento diseñaba su vida, y que en eso eran iguales caciques y esclavos. Aquel comentario le sublevaba. En los años ochenta y noventa, mis padres hablaban de proletarios y caciques como si en casa se nos hubiera detenido el tiempo, sólo a nosotros; un tiempo de importación, claro, llegado de la literatura rusa que ambos amaban, aunque cada uno tuviera sus libros en distintos rincones de la misma estancia, también enfrentados.

Mi padre no entendió nunca la tendencia de mamá a la desestructura (creo que la palabra no existe pero me gusta porque semánticamente es completa). Lo veía todo como un ataque directo a la yugular, justo detrás de su carótida inflada. No comprendió jamás que le gustara acercarse al Valle de los Caídos y pasear por aquella «Villa y Corte de fascistas...» A veces me cuesta reproducir sus palabras, aunque me sucede ahora, tres años más tarde, como si hubiera comprendido de pronto lo que quiso decir mamá toda la vida, a pesar de que ahora no le interese ni a ella, ni siquiera para hacer sobremesa.

Hablo de ella en un tiempo pasado, resuelto y concluido, como si mamá no estuviera. Parece que la haya matado justo cuando declara que está más viva que nunca, y supongo que se debe a que no soy capaz de entender cómo han cambiado las cosas para que el amor de su vida haya surgido como un frutal más en el jardín de Camila.

XI

Camila observa una especie de trepadora que ha plantado Nicolae hace unas pocas semanas. (Hablar de Nicolae ahora ya no es lo mismo. Su nombre produce un eco, pero de imágenes; ya no es el tipo rubio de la camisa a cuadros, sino toda una secuencia fotográfica donde aparece mi madre subida en un camello, después una góndola veneciana y enseguida un montón de arrumacos bajo una manta de lana en el interior de un trineo tirado por seis u ocho perros huskies. Se me ocurre que van en busca de las auroras boreales porque mamá siempre ha pensado que en otra vida ella debió nacer en Finlandia rodeada de nieves.) Digo que la planta que observa Camila es una especie de trepadora, porque la rama sube y baja por la pared a muy poca distancia del suelo, como si no tuviese claro qué hacer con su vida, si trepar muro arriba o arrastrarse por el suelo. Es una trepadora indecisa.

Desde que Camila puso el vivero, he ido adentrándome en la vida de las plantas como si de verdad tuvieran alma, o espíritu, o un «además-de-planta...». En general confío en lo que dice Camila y ya está. Nunca he sentido inclinación por nada que tuviera esporas pero mi amiga habla de sus retoños como si estuvieran realmente vivos, no de un modo botánico, sino espiritual, como una intención de existencia en cada una de ellas, un propósito de amor, que es a fin de cuentas el sentido de estar vivos, supongo.

Pero a ésta concretamente, a esta trepadora que zozobra como a la deriva, le veo una personalidad clarísima. Es una planta que no da sombra, pegadita al muro. No está segura de haber llegado hasta esa pared por iniciativa propia y no se atreve a engordar para iniciar su escalada desde ahí hacia arriba. Va extendiéndose en hilos que suben y bajan. Su personalidad es la suma de una serie de filamentos, pero no un tronco de ésos como Dios manda, con sus raíces bien hincadas en la tierra. Es una trepadora de bajos vuelos, un intento de trepadora que parece caerse a cada trecho, como si las alturas le provocasen vértigo. Bien mirado, si echase unas buenas raíces de una vez por todas, podría comenzar a construir algo sólido en esa maceta donde atiza la solanera todo el santo día. Pero la pobre no acierta a decidirse y sigue adelante en su repta-trepa, un movimiento en zig-zag al que nadie puede llamar crecimiento en sentido estricto. Es más un estirarse a media altura, pero sin acabar de dar el impulso definitivo que la eleve hacia lo alto y le haga mostrarse.

¡Es curioso cómo le veo el plumero a esa planta! En realidad, si nos limitamos a la estética, tiene todo bien puesto: su tronco central, el color verde vivo que al otoño se vuelve rojo... (esto lo digo porque he visto una fotografía de su transformación otoñal, el día que Camila trajo el ejemplar de no sé muy bien dónde como un triunfo). La variedad en todo su esplendor es bellísima, y esta planta en concreto es, sencillamente, tal cual es. Tiene hojas de diferentes formas, de tamaño medio pero abundantes, con lo cual sí es cierto que da sombra, pero una sombra demasiado desordenada para ser siquiera el reposo de las palomas en una tórrida tarde de verano a finales de agosto; una tarde como han venido siendo estas últimas aunque hoy parece que el tiempo ha cambiado.

Camila observa el ejemplar y creo intuir lo que busca: quiere saber qué le pasa. Me acerco y le pregunto:

–¿Qué crees tú? –responde ella entonces con otra pregunta, algo tan habitual como irritante en según qué ocasiones. Claro que ésta no es una de esas ocasiones, de modo que me limito a pensar durante unos instantes en un diagnóstico más o menos completo.

–Creo que esta trepadora tuya se busca a sí misma –le digo–. Es como si necesitara sentirse bien dentro de la corteza antes de echar raíces, para proceder entonces a engordar el tronco y dar una sombra como es debido donde apetezca sentarse a leer un libro o echarse la siesta; todo eso que hacen las plantas trepadoras: estar verdes, crecer, enroscarse por todas partes y dar sombra. –Miro un poco más en detalle y después prosigo-. Bien mirado, la has colocado a la otra punta de donde está la pérgola; ni siquiera tiene un tejado o un árbol cercano, de manera que no dará nunca una buena sombra, no tiene dónde agarrarse para hacer un techo. Es una sola planta en medio de la nada. –Me detengo un instante–. Tengo la sensación de que cruzaría el vivero de extremo a extremo –prosigo–, pero no encuentra el modo de llegar al otro lado. A ésta le ha tocado ser manto. Es una trepadora de muro, está claro; pero como no termina de estar conforme, divaga antes de subir, o teme hacerlo y haber equivocado el rumbo. Una curiosa variedad de enredadera, la verdad; no me extraña que le busques sentido...

–En realidad sólo tú le has prestado atención, querida. Últimamente no le quitas ojo, no sé si te has dado cuenta. Sólo trato de comprender qué le has visto a esta planta que tanto te entretiene; porque a ti no te han gustado nunca las plantas, ¿recuerdas?

Para mí eso era irrelevante hasta hace exactamente cinco segundos. Es cierto, me había dado cuenta de que a esta planta le veo una personalidad sin que Camila me haya hablado de ella. Se la veo yo, y lo peor es que lo tengo claro; esta planta es así, por fuera y por dentro. ¡Esta planta soy yo!

–¡Me la llevo! –le digo en un impulso.

Camila no parece extrañada, ni siquiera satisfecha de que por fin haya encontrado a mi alter-ego en su vivero. ¡Con la de veces que ha insistido en que buscara por ahí! Sin darme cuenta, le he prestado demasiada atención a este manojo de alambres que se viene conmigo a casa, y ahora el manojo soy yo. Ya no puedo dejarlo en ese muro donde ni crece ni decide si sube o baja. ¡No sé que va a decir Teresa cuando me vea aparecer por la puerta! Pensará que tengo predilección por todo lo flaco, y entonces recordará el hambre que se pasa en el mundo y me meterá en el saco del capitalismo donde me ha tocado nacer. Aún así me niego a convertirme en activista proletaria como mi padre, o a sucumbir del todo al «aquí y ahora» de mamá. No sé bien para dónde tirar, eso es cierto; igualita que esta *ampelopsis veitchii*, que es como se llama mi trepadora, una variedad de parra que dicen virgen, la «enamorada del muro», aunque a ésta concretamente sólo le entusiasme el muro de un tercio hacia el suelo; en eso, me temo, yo hice otro tanto al poner la vista en Max...

–Me alegra que lo tengas claro –responde Camila–. ¿Te das cuenta, Maca? Nunca falla... Cada uno tiene su propia planta cuando mira bien. Sólo hay que detenerse a mirar bien las cosas.

Camila sigue repitiendo esa frase como la estrofa que lo dice todo. Está en mitad de todas partes, como un silbido del viento. «*Regarde-la bien*. Mírala bien...»

Nunca me dijo que mirara a esta trepadora flaca de la que Teresa echará pestes aunque no le toque regarla. Sin embargo, tengo claro que es mía desde que llegó al vivero. Tengo claro que Camila lo sabía y que por eso me la presentó como quien te muestra un tesoro. Camila fue a buscarme mi planta ¡Dios sabe dónde!

–Vale –exclamo como si estuviera a punto de pronunciar mi sentencia–. ¡Es hora de que me cuentes toda la verdad!

Me mira extrañada y a la vez sonríe.

–No sé a qué te refieres –dice–. Eres una caja de sorpresas. ¿De qué humor vienes hoy?

–En realidad me siento muy bien –respondo. Y, de pronto, así es, me siento yo misma, en mi propia vivencia. Me ha sucedido algo hacia dentro capaz de inundarlo todo, mi cuerpo, mi espacio, cuanto me rodea...

Camila me observa, mitad divertida, mitad suspicaz. En

este momento, sólo quiero salir a tomar unas cañas y reírme un rato. Me apetece darle un tono ligero a este fin de tarde de un día tan intenso en el que tanto ha sucedido.

–¡Venga ya! –le digo, mientras caminamos calle abajo, en dirección a la Plaza de Canalejas–. Las dos sabemos que has ido a buscar mi planta, y resulta que quiero saber dónde estaba. Quiero saber dónde se hacen las plantas de la gente, y quiero saber por qué sabes tú cuál es la planta de cada uno... ¿No es de locos? ¿Qué hago preguntándote este montón de barbaridades? –y me quedo callada mirando por encima de su hombro, mientras veo cómo sonríe por el rabillo del ojo.

–Ésa es una conexión en la que yo no intervengo, Maca –responde en un tono algo solemne–. Lo creas o no, es más bien a ti a quién puedo leer, no a esa parra que para mí sólo ha venido algo desnutrida. Y sí, es cierto, le vi cierta similitud contigo, pero no antes de que tú misma te fijaras en ella. ¿Comprendes? –se detiene y me observa...– Tal vez deba contarte qué sucedió realmente –dice entonces –. Aunque lo cierto es que todo consiste en detenerse a mirar en silencio las cosas...

–*Regarde-la-bien*, ¿no?

–Sí, querida. Hay mucho más ahí dentro –y me pone el dedo índice en la boca del estómago, justo debajo del pecho–, incluso de lo que tú crees saber...

La voz de Camila se apaga, su silencio coronado por el sonido sordo de nuestras pisadas. Sé que ahora quiere llegar a algún lugar íntimo que invite a la apertura del alma. Hay relatos que son en realidad confesiones, y sé que ese momento ha llegado. Cuando uno está preparado recibe lo que ha de llegar a su vida, y en ese orden de cosas Camila es como una vieja maestra. Observo nuestra sombra que avanza junto a nosotras y empiezo a degustar el sabor de las historias únicas, las que comienzan con un dilatado preámbulo en el que el narrador toma aliento y dispone su cuerpo para esa transparencia que dura un instante, como la aparición de una estrella fugaz en el cielo que sólo deja tras de sí su recuerdo...

XII

–En realidad sucedió mientras proyectaba una de mis primeras exposiciones –comienza el relato cuando le digo: «¡venga Cam, mira que te gustan los preámbulos largos!»–, la cuarta creo que fue. Fotografiaba expresiones corporales sin ningún objetivo concreto. No tenía la menor idea de lo que buscaba detrás de aquellas imágenes, créeme; ni siquiera me había parado a pensarlo. Sin embargo no podía parar de lanzar disparos aquí y allá. Siempre había algo detrás de cada gesto, cada expresión, las manos... –Se detiene un instante y eleva la vista como siempre lo hace. Su mirada queda suspendida, y sobrevuela el espacio por encima de decenas de cabezas envueltas en conversaciones más o menos triviales. Ya me he acostumbrado a esos silencios repentinos que no parecen tener un final. Al principio, me irritaba que callase de pronto en mitad de una frase y se olvidara de ella por completo. Las palabras daban vueltas en mi cabeza mientras esperaba un cierre que resultara ortodoxo pero que nunca llegaba. «¡Termina lo que estabas diciendo!», solía pensar. Cuando Camila suspende las palabras en el aire, jamás retoma el hilo donde lo ha dejado. Más bien las abandona a su suerte como quien hace las maletas y se va de viaje, y mientras está fuera es otro quien le riega las plantas. Solo que con ella es el otro quien ha de adivinar que le han tocado unas plantas en la tómbola mental de Camila. «Toma» -dice su silencio-, «¡ahí tienes algo de lo que hacerte cargo!». Ya no me irrita como antes lo hacía. Camila halla refugio en el silencio. Para ella es como estar en casa, el confort del hogar. De hecho, lo que a ella le molesta es el exceso de ruido. Dice que Madrid es tan ruidosa por su gente, que cuando consigues aislar el sonido monocorde del tráfico, lo verdaderamente estridente son las voces. Según ella, la mejor forma de comprobarlo es salir a la calle a las siete de la mañana en pleno otoño (porque en invierno se te hiela hasta la correcta percepción de las cosas), cuando el tráfico de primera hora recorre las calles semidesiertas dejando a su paso una estela sonora pero también armoniosa a la que pronto se acostumbra el oído. La gente camina deprisa, y lo hace en silencio. Vamos todos con la mirada puesta dentro, embebidos en cavilaciones, somnolientos, nos falta la suavidad de la sábana, el abrazo aún, el calor de otro cuerpo donde permaneceríamos siempre; o tal vez nos perturba esa soledad plomiza que queda reflejada en el rostro como una fatal cicatriz... Camila dice que ese y ningún otro, es el mejor momento del día para observar el silencio: una vez que logras abstraer la mente del monótono runrún de los coches y vehículos de reparto. Dice que ahí debajo es donde está ese silencio profundo y confortable de quien se siente en paz, y que es a esas horas cuando acompaña con dulzura nuestro cuerpo aún dormido. Es a las ocho de la mañana, como reproduciendo el canto del gallo, cuando todo cambia con el primer sorbo de café en el lugar habitual...

–¿Me oyes? –dice de pronto logrando sobresaltarme.

–¿Puedes creer que me he ido de la conversación yo también?

Reímos las dos, ella porque reconoce esa particularidad de sí misma, y yo porque soy consciente de que voy pareciéndome cada vez más a ella. En general no suelo perder el hilo de las conversaciones pero últimamente casi todo sirve de excusa para embeberme en mis propias cavilaciones...

–Sabes que me interesa esta historia más que ninguna otra –le digo invitándola a proseguir su relato.

–Debía tener unos cuarenta y cinco a cincuenta años, y aunque me duela decirlo, era una de esas mujeres a las que la juventud ha dejado sola mucho antes de tiempo. Seguía siendo bella, ésa no es la cuestión; tenía el rostro ajado y la mirada perdida, falta de brillo. Era esbelta y extremadamente delgada, una delgadez sinuosa que podía intuirse bajo un abrigo de cuero gastado que reposaba sobre un par de botas altas de color vino. Permanecía de pie con un cigarrillo encendido en la mano a la altura de la boca y el codo apoyado en la otra mano, que venía a rodear su cintura hasta sostenerse en el costado derecho como si allí hubiera encontrado su asiento. Me atrajo la extraordinaria quietud de sus manos, que observé casi de modo automático, supongo que tratando de comprobar que allí los años habían dejado también esa huella indeleble... Fumaba con serenidad, lentamente, convirtiendo la inspiración del humo en un meticuloso ritual. Después de inspirar cerraba los labios y contenía el humo en su interior durante unos instantes, levantaba la barbilla y de nuevo lo dejaba salir al exterior, con la misma suavidad con la que lo había aspirado unos segundos antes... Permanecí observando la exquisitez del ritual a través del objetivo de la cámara réflex de 35 milímetros que había elegido para aquel proyecto sin estructura y sin nombre donde sí me preocupaba la precisión del encuadre. Entonces ocurrió: su cuerpo temblaba bajo el abrigo de cuero. Me llamó poderosamente la atención el movimiento tensionado de la musculatura que hacía un instante me había parecido laxa. Era como un ligero seísmo que nadie percibe pero sucede y queda registrado en los medidores de actividad sísmica, de ésos que registran decenas de terremotos de los que el común de los mortales ni siquiera nos enteramos. Al principio pensé que tal vez se trataba de un efecto que provocaba el reflejo de la luz a través de la cámara. Continué observando y pude percibir que la entrada de humo en el cuerpo le sentaba como una caricia; de algún modo vi cómo el interior sollozaba y el exterior retenía las lágrimas que hubieran salido en cascada. Dudé unos instantes de que mi percepción fuera correcta porque estaba leyendo mucho más allá de lo que te dice la escena, pero enseguida supe que estaba leyendo su vida.

De nuevo observa con misticismo el anochecer silencioso. Ha conectado con uno de esos momentos que cambian el rumbo de la propia existencia, y aunque no soy capaz de entenderlo del todo, sí percibo la emoción y siento estremecer mi cuerpo al contacto con las palabras que se llenan de intensidad.

–En aquel momento –prosigue–, lo único que pensé fue que aquella mujer me había regalado un precioso instante de inspiración que me invitaba a construir mi obra como un lazo atado a la vida. Hasta entonces, la fotografía me ayudaba a captar la belleza de las cosas; me deleitaba en el placer que producía la captura, el segundo de inmortalidad que se ofrece cuando la imagen se para. Recuerdo que buscaba cada vez más allá, pero era la fotografía lo que deseaba esculpir. Aquella mujer me abrió una perspectiva distinta: la narración de lo que la retina no capta; una narración que en realidad lo que esculpe es el propio continuo de vida...

Camila se detiene a acariciar el mantel con las manos. Juguetea con algunas pequeñas miguitas de pan; es todo lo que ha comido desde que nos hemos sentado, un pequeño pedazo de pan que ha ido desmenuzando y se ha ido llevando a la boca. Luce como siempre unas uñas perfectas. Las lleva muy cortas y rectas, tirando a cuadradas. Cada día se las pinta de un color diferente, repasando la sucesión cromática del arco iris; hoy es rojo, mañana será violeta, y pasado elegirá un tono añil; y así sucesivamente. Cada día en las uñas de Camila hay un homenaje a la descomposición de la luz en un solo tono, aunque en realidad lo peculiar de sus uñas es la personalidad que demuestran, porque siempre son indiferentes a lo que lleve puesto, como si fueran por libre. Hoy, por ejemplo, viene vestida con una blusa fucsia y un fular naranja, pero las uñas son de un rojo vivo que corta por lo sano cualquier propuesta de armonía cromática, como si hacer equipo no fuera con ellas... De intentar ponerme todo eso encima, yo hubiera sentido que irradiaba una estridencia visual intolerable. Sin embargo, la combinación de esos tres colores en ella no solo no daña la vista, sino que incluso va bien. Es curioso, todo lo que se pone Camila es imprescindible; no le quitarías nunca un solo detalle, jamás dirías que algo le sobra.

–No sé si logro trasmitirte... –dice entonces, y de nuevo se detiene mientras me mira con decisión–. Lo que quiero que comprendas, Maquita... es que todo lo que está vivo construye un solo argumento, ¿lo entiendes?

No sé si lo entiendo o no, la verdad. Somos un universo de sensaciones, un pasado emocional y un presente que trata de sostenerse sobre sus cimientos mientras construye proyecciones para un futuro que imagina más pleno, corregido al fin, orientado hacia un desenlace último con sentido. Eso sí que lo entiendo.

–Empecé a ver el alma –prosigue –, el alma de todas las cosas... No sé de qué manera sucedió o por qué aquella mujer estaba delante de mi objetivo aquel día, ofreciéndome una lectura clara de toda su historia, como un libro abierto de par en par ante mí... Lo que sé es que comencé a ver lo que existe entre líneas, los lazos que lo vinculan todo, lo que es real aunque no sea visible, mucho más real que lo que capta la vista. Pude ver lo que construye la materia, lo que transforma la materia, lo que se esconde bajo el disfraz, el guión de la vida... Empecé a ver, ¿comprendes?

Camila tiene los ojos inundados de lágrimas. El recuerdo ha accionado el botón que dice «liberar el caudal de emociones», y en sus pupilas fluye el humor ácueo dispuesto a derramarse por las mejillas. Se ha detenido, esta vez ignorando todo lo que se encuentra a su alcance, incluida yo misma que la observo en silencio. Su emoción me llena pero no logro que entre hasta el punto de sumarme a su llanto. Observo la mesa... La bebida caliente reposa sin fuerza. Todo ha perdido la efervescencia y ha caído derrotado ante mí. Enseguida parece recomponerse, como la marioneta articulada que se levanta sujeta por unos hilos imperceptibles y de nuevo está llena de vida...

–Entonces llegaron todas las *Muestras de sentido común* –dice con cierto aire desdeñoso refiriéndose a una obra que le valió más que halagos–. Reconozco un punto de prepotencia en todo aquello. Parecía querer decirles a todos «¡ahí va!, ¡os lo estoy dando mascado!». Todo lo que logré durante aquellos años fueron alabanzas a una creación artística que parecía sorprender por la espontaneidad, la mirada cómplice y otros epítetos que le colgaron a mi obra, y que me dejaban un poco más vacía cada vez. Expuse hasta que me cansé y después ya no pasó nada más.

Ahora parece haber abandonado la conversación de nuevo. Aún quiero saber cómo llegó a conocer el mimetismo curativo de las plantas, pero sé que no puedo esperar que Camila haga o deshaga para complacer a otros, ni siquiera a mí, por más fructífera que pudiera resultarme su complacencia. Camila sólo responde a una demanda: su propia llamada a detenerse o avanzar o a no hacer nada. Mientras la observo, ella tiene la vista en cualquier otra parte. En realidad no es relevante qué observa, sino lo que ve donde otros sólo vemos pequeños fragmentos de vida. ¿Entiendo realmente de qué me habla?

–No sé bien por qué llegaron los pies –dice de pronto todavía sin volver la vista– supongo que fue una conclusión natural para mi proceso...

–Adorabas la fotografía, Camila. ¿Cómo es posible que decidieras dejarlo sin más? ¿Qué más esperabas que dijéramos de tus pies? Algunas de aquellas fotografías eran realmente impactantes, pero...

–Esperaba que ayudaran a ver... –hace una pausa y enseguida retoma el hilo, la primera vez que habla de sí misma de este modo–. El cuerpo es un diálogo entre el alma y el mundo –dice–, por eso dejé la cámara y me centré en el diálogo. Por eso nació el vivero.

Sé que aquí termina el relato de Camila. Cuando acelera el ritmo del discurso y elimina el aderezo, las reflexiones lentas, lo descriptivo, se nota que ya no quiere hablar más. Por eso suelta las palabras y el punto todo a la vez.

–¡Y eso es todo, querida!

–¿¡Es todo!? –pregunto, intentando no exagerar más de la cuenta mi decepción–. ¿Y qué hay de las plantas?

Reconozco que quiero saber mucho más, es parte de mi necesidad de control. Soy intensamente racional, y solamente logro un abandono de la mente en momentos de auténtica paz interior, como cuando sucede algo dramático sobre lo que no tengo ninguna capacidad de acción. En esos momentos comprendo con tristeza que la vida es tal cual es, y me detengo a sentir el viento en el rostro, a observar el vuelo de un ave, o a contemplar la belleza de las hojas que cubren las aceras en los meses de otoño. Son momentos en los que coexisten el dolor y la belleza, como si fuesen los antagónicos que al integrarse en uno solo dan paso a la verdadera felicidad. Sé que es algo morboso recordar un instante de felicidad cuando acaba de morir tu padre, como me sucedió a mí un veintitrés de noviembre; pero eso es exactamente lo que recuerdo y lo que ha quedado impreso en la memoria inconsciente. Cuando digo inconsciente, hablo de lo que no está en mi mente sino en alguna otra parte mucho más profunda y más poderosa. ¿Hay algún lugar del cuerpo que sea todo él al completo y también su prolongación en el mundo, la huella que deja a su paso...? Ahí es donde se instaura esa otra memoria. Ahí es, también, donde me sentí feliz cuando murió papá.

La noche antes me había hablado con una mezcla de ternura y sarcasmo sobre su propia sensación en ese punto que indefectiblemente te une a la muerte. Me dijo que «se iría al otro barrio convencido de que Dios era un invento», que en eso, nada de lo ocurrido durante su enfermedad, le había revelado ninguna otra verdad. Sin embargo había descubierto una conexión plácida con su propio interior. A pesar de tener un cuerpo en inminente deterioro, papá estaba disfrutando de cosas tan sencillas como respirar; así me lo dijo aquella noche, como si supiera que le quedaban horas. ¡Parecía tan consciente! Cuando llegó la noticia, yo había bajado a tomar un café a la cafetería del hospital, eran las diez menos cuarto de la mañana, y hacía unos veinte minutos que había llegado a relevar a mamá, que insistía en que era ella quien debía pasar cada noche a su lado. Al llegar, mi madre me recibió en la puerta de la habitación, enfundada en su abrigo y a punto de marcharse. Me dio un beso en la mejilla y me dijo que estaba tranquilo, que podía despreocuparme durante un rato y bajar a tomar un café. Papá estaba tan tranquilo que había decidido morirse esa misma mañana. Cuando subí, la enfermera me salió al paso para decirme que mi padre había fallecido y que ya habían avisado a mamá. Entré en la habitación y le besé la frente. Estaba cálido. Comencé a llorar encima de su pecho y estuve en aquella posición hasta que llegó mamá y me dijo que saliera a dar un paseo, que corría una agradable brisa de otoño, y que me vendría bien despejarme un poco. «Papá está con Dios», dijo... Yo recordé las palabras de mi padre, justo la noche antes, y entonces fui consciente de que mamá y él no llegaron a entenderse por una cuestión de nomenclatura. La felicidad comenzó en ese mismo instante: a pesar de sus respectivas posiciones, enfrentadas durante años, papá y mamá eran un encuentro inevitable, y el amor estaba allá en el fondo, como una malla de tela que sostiene la elección desde cierta distancia, cuando la relación pende de un hilo. Y así se mantuvo hasta que papá nos dejó un veintitrés de noviembre y mamá pareció dejar todo recuerdo a los pies de aquella cama.

Yo salí al exterior y comencé a pasear calle abajo. Mi

mente se detuvo nada más sentir el suave viento de otoño refrescando mi rostro descompuesto por el trauma de ver a papá sin vida, cuando hacía tan sólo veinte minutos que había observado cómo su pecho se movía suavemente al ritmo de su respiración. El viento me arrancó cualquier pensamiento que hubiese podido alimentar la culpa o el arrepentimiento por haber bajado a tomar café sin darle siquiera un beso de buenos días. Anduve con la vista fija en el suelo cubierto de hojas del árbol de ámbar. Reconozco que el impacto visual fue por unos instantes más fuerte que la pérdida. Las hojas se quedaron conmigo mientras papá se marchaba, así es que fui directa a localizar el nombre en Internet, *liquidámbar*, o *árbol del ámbar líquido*, por el color y aroma de la resina que exuda la corteza de su tronco. Yo no hubiera identificado a qué especie pertenecía todo aquel manto de color ocre y granate que recubría las aceras como una alfombra y que había absorbido toda mi atención evitando el exceso de trauma. «*Ya está*», me dije sencillamente, «*papá es ahora parte de todo*». Aquella fue la única vez que yo recuerdo haberle prestado atención a las plantas. Es cierto que desde entonces me fascina observar el cambio de coloración otoñal, pero nunca he vuelto a concentrar mi atención más allá de la vista. Nunca, claro está, hasta la llegada de esa trepadora de emocionalidad inestable que reproduce mi vulnerabilidad bajo la piel. Al descubrir hoy nuestra simbiosis, he imaginado la dermis como una cobertura transparente pero sólida igual que el hierro, irreductible. Todavía no sé qué va a sacar de mí, o si lograré que suba balcón arriba hasta coronar la azotea. No sé bien qué viene ahora, la verdad. Lo que sí empiezo a comprender es que tal vez no hagan falta más preguntas y respuestas entre Camila y yo; tal vez no sea necesario que me cuente en qué consiste ahora mi nueva vida junto a una rama escuálida que no toma decisiones valientes. Lo que haya de venir tal vez nos corresponde descubrirlo a nosotras dos.

XIII

Acabo de abrir los ojos y ya tengo una llamada de mamá reflejada en la pantalla. Anoche dejé el teléfono en silencio, no sé bien por qué motivo. Desde que murió mi padre, siempre dejo el móvil abierto durante la noche por si mamá necesita cualquier cosa. Con el tiempo me ha demostrado que no necesita nada salvo disfrutar de la vida, de manera que he ido aligerando la sensación de responsabilidad sobre su bienestar. A pesar de ello mantengo la costumbre de dejar el móvil conectado todas las noches, sólo por si acaso. En realidad ahora me parece algo tonto lo de haber puesto el móvil en modo silencio para que nada interrumpiese las siete horas de sueño que necesitaba para reponer fuerzas, pero estaba tan agotada emocionalmente que necesitaba dormir a pierna suelta y no se me ocurrió la idea de apagarlo sin más. Supongo que también necesitaba cumplir con mi responsabilidad adquirida de velar por mamá. Si hubiese habido algo urgente, esta vez no me habría enterado.

Mira por dónde tengo una llamada de mamá a las siete y treinta y ocho minutos exactamente. Es inusualmente temprano en su horario y demasiado pronto para que mi cabeza quiera procesar cualquier desencuentro con su amante, cuando está a punto de marcharse de viaje colgada de su brazo como un bolso para huir de la realidad durante un período de tiempo indefinido. Ni siquiera sé quién es ese hombre ni me importa. Anoche olvidé preguntarle a Camila qué va a hacer mientras Ceauçescu está de gira por el mundo a costa de las rentas de mi madre. Conste que no deseo emitir juicios de valor sobre el asunto; a lo expuesto me remito: mamá se lo lleva y paga, y él abandona su trabajo de jardinero y se deja llevar a la otra punta del globo. Camila tiene que contarme qué opina de todo esto, aunque ya me ha dicho que sólo se siente feliz por mi madre. Pero respecto al dineral que va a gastarse mi madre con un hombre que acaba de aparecer en su vida... no sé, me gustaría creer que opina lo mismo que yo.

Cojo el teléfono a regañadientes y marco sobre el icono de llamada perdida donde sólo dice «mamá»:

–¡Cariño! –canturrea alegremente.

Si algo tiene a su favor mi madre, es esa dulzura al hablar con la que logra desmontar toda resistencia. Es una manera de ser muy suya, desde siempre, pero que incluso ha ido a más en estos últimos tres años.

–Hola mamá, ¿estás bien?

–¡Claro, mi amor! Estoy preparándolo todo para el viaje, y he pensado que podrías hacerte cargo del *bonsái* mientras yo estoy fuera...

–No es un *bonsái*, mamá. Un *bonsái* no se hace cortándole a una planta cualquiera unas cuantas falanges, como tampoco se fabrica un enanito cortándole la mano a nadie. ¿No te explicó Camila...?

–Lo que sea –interviene sin prestar la más mínima atención a lo que estoy tratando de decirle–. Para mí es un *bonsái* porque es pequeño, frondoso y robusto, aunque ahora esté un poquito más flaco.

Guardo silencio y recuerdo que mamá no acepta imposiciones de ningún tipo. Si ella dice que la planta es un *bonsái*, la planta es un *bonsái* y no hay más discusión.

–A lo que iba –prosigue–, me gustaría que te hicieras cargo de él durante mi ausencia. ¿Querrás?

Estaba segura de que cada planta necesita una atención de quien la entiende, por decirlo de algún modo. ¿Qué sé yo de la planta de mamá? ¿Qué sé yo de mamá en realidad? ¿Cómo se cuida la planta de tu madre si ella misma se queja de lo absorbente que puedes llegar a ser cuando te lo propones? Si fuera la de antes, todavía sabría cómo hincarle el diente, pero visto lo visto, no sé si a partir de ahora debo regar el *bonsái* a base de Martini.

–Mamá, ¿no deberías llevársela a Camila? Sabes que no tengo mano para las plantas. En realidad no me gustan, y lo sabes; se llenan de pulgones, les salen hongos, blanquean cuando les falta hierro... Todo eso lo sé porque a ti siempre te ha gustado todo lo que tiene hojas, pero a mí no me gusta cuidar nada que no sea el gato.

–Sé que puedes hacerlo, cariño...

Con eso zanja el tema. Después me dice que podíamos ir juntas a hacer unas cuantas compras de última hora, pero yo me disculpo porque hoy tengo la agenda completa.

–Tal vez a última hora de la tarde –añado...

En un par de horas espero la visita de una mujer cuya personalidad me fascina. Camila dice que de hecho es muy parecida a mi madre, y puede que tenga razón y que el motivo por el que una de las dos me fascina y la otra me aterra es que no termino de asimilar la individualidad de mi madre... El caso es que últimamente mi cliente aparece con frecuencia en los medios porque parece que la vieron salir sola de un hotel de lujo en cierta ciudad de la Riviera Francesa, seis horas después de haber entrado acompañada de un hombre mucho más joven que ella. Lo morboso para la opinión pública, aparte de la diferencia de edad –que al natural le echan quince años menos–, es que fuera ella, y no él, quien abandonara el hotel a cierta hora de la tarde, después de haber extendido una American Express en el mostrador de recepción del hotel. ¿Pagó ciertos servicios adicionales? La información debió filtrarla algún empleado del hotel a cambio de una buena suma, lo que me recuerda que aún podría haber sido peor todo lo de mi madre. Se habla de un almuerzo «*en privé et affaire a saisir*» con un mecánico de Lamborghini. Lo del «*affaire a saisir*» es la parte que más provoca por el sentido implícito de oportunidad o «ganga», como la *sección de oportunidades* de Lamborghini o algo por el estilo. A ella le trae al fresco. Ésa es la parte que me resulta asombrosa: la personalidad que demuestran ciertas personas que, a la luz de una cámara de televisión mal enfocada, parecen personajes circenses de carácter vacuo, útiles tan sólo para alimentar el periodismo basura que abarrota los medios y se llama a sí mismo «prensa del corazón», como si al corazón hubiera que hacerle prensa en lugar de prestarle oídos.

La última vez que visitó el salón hace quince días, se marchaba fuera de España para escapar del acoso, que tildó de «aburrido y patético club de cobistas serviles y cacatúas», mientras los medios especulaban sobre un posible reencuentro con el mecánico, que parece haber desaparecido del mapa. Se preguntan por qué no ha acudido aún a ninguna cadena para vender la historia. ¿Será que ha nacido algo más que un «*affaire a saisir*»? En mi posición sé muchas cosas del mundo interior de esta especie de personajes de variedades, que no están tan lejos del resto de nosotros, aunque la luz les alumbre a ellos mientras los demás ocultamos nuestra verdad en la sombra. Si disparásemos la cámara desde una distancia suficiente y ampliáramos el ojo de pez hasta abarcar una muestra humana significativa, nos daríamos cuenta de lo singulares que somos todos, con nuestro ir y venir, reproduciendo el esquema de la manada y escapando de ella para permitirnos también un poco de diversidad. Cierto, si mamá no fuera mi madre creo que sólo me sentiría seducida por su indiscutible magnetismo.

¡La singularidad me atrapa! Supongo que por eso quiero hacer algo y no sé bien qué con estos mechones de cabello que vengo guardando. Sé que a mi madre le parece incluso de mal gusto que me haya dado por guardar pequeñas matas de pelo en una miniatura de nevera que compré exclusivamente para albergar mi proyecto sociológico, cada una con su etiqueta y algunos «*tips*» para ir centrando el tiro con el trabajo, aunque todavía está todo en pañales... Para ella, no es útil nada que ya esté muerto. En eso le doy la razón, pero sólo en parte. Yo creo que la energía lo impregna todo, y lo que siento al observar el cabello es que ahí está de algún modo la totalidad del individuo, una fusión de pasado en las puntas, presente en el conjunto y futuro en la raíz, cuando aún no asoma. Es sólo un punto de vista distinto, pero le veo sentido. Ahí es donde quiero llegar. Mamá dice que precisamente por eso es inútil que guarde sólo puntas que no remiten sino a un pasado caduco, y que eso no es movimiento, que es precisamente en lo que consiste la vida.

En el fondo creo que lo que le molesta es que me permita ponerle peros a su manera de hacer las cosas. Me repite constantemente que la juventud que me he empeñado en perderme es un momento para estar loco y no para arrepentirse de haber amado. Yo me salgo por la tangente y le pregunto si aún quiere a papá en su recuerdo, si sigue loca de amor o resulta que con los desengaños eso se pasa, y ella sólo responde que mi padre lo hizo tan bien como pudo. En ese punto nos estancamos. Claro que ahora la conversación sobre el amor ha cambiado al aparecer un protagonista que debía ser sólo personaje secundario de toda nuestra novela. Mamá le ha promocionado y ahora cotiza como cualquiera.

Está claro, no veo igual el *affaire* de mi cliente que el romance de mamá con Ceauçescu. Puede parecer que no quiero verla feliz y no es cierto. Lo único cierto es que una madre te toca una fibra distinta. Ya sé que no me incumbe con quién se abraza mi madre, y que la opinión puedo guardármela en la nevera junto a mi colección de mechones, como ella me dijo un día mientras trataba de convencerla para que volviera a estudiar Historia, que siempre fue su pasión. Cuando se hartó de que le recordara lo que siempre oí en casa, me dijo que era mucho mejor que limpiara el caché para que pudiera entrar savia nueva, que la vieja me iba a arruinar las neuronas igual que a mi padre. Después añadió que no hiciera un mundo de aquello, que papá fue un hombre asombroso, pero que había dejado de mirar adelante y eso fue lo que detuvo su cuerpo. Ahora pienso que tal vez mamá tiene miedo de que su cuerpo se pare también y por eso mira hacia delante mucho más que hacia ninguna otra parte.

XIV

Me doy una ducha templada y comienzo a sentir el cuerpo. A pesar de que ya le he tomado el pulso a estos madrugones y de que celebro incluso amanecer temprano, no logro desentumecer los músculos con tanta facilidad; necesito el efecto del agua sobre la piel y un café largo con poca leche, un «cortado jumbo», como lo ha bautizado Néstor.

Me visto y bajo a desayunar en Miau. Al salir del portal, me cruzo con Huno-Matías, el propietario de un bulldog francés oscuro y rechoncho, pero bonito en su raza. En realidad Huno-Matías es el nombre del perro, pero yo llamo Huno-Matías a la unidad que componen los dos juntos porque el nombre del amo lo desconozco y a fin de cuentas el perro no abre la boca mientras el dueño parlotea despreocupadamente y camina a tu lado hasta que se da la vuelta y dice adiós. Me sucedió hace algunas semanas mientras paseaba por Recoletos de regreso a casa. Se me ocurrió decirle no sé qué al perro, y el señor me preguntó si me gustaban los perros, y si tenía alguno y de qué raza, y yo le conté que tenía un gato que se llamaba Gato. «¡Anda la leche!», exclamó. Comenzó a contarme el origen del nombre de su perro, Huno, porque le parece que Atila fue un machote y un gran rey, y Matías porque le resta la sobriedad de la realeza, aunque la realeza sea bárbara. Enseguida pensé que Matías era su nombre, el del propietario hablador, pero que tal vez prefería contarme sólo la historia del perro. Después comenzó a hablarme de su separación matrimonial, de relaciones con mujeres también separadas y con hijos con los que suele llevarse muy bien, de que los niños le gustan aunque no le ha dado tiempo a tenerlos, pero que ¡quién sabe! y de su afición a la Historia aunque él es economista y tiene un restaurante en el centro. Vive junto a la Plaza de Santa Ana porque según él no hay duda de que las Cortes es la zona más refinada de todo Madrid. «Refinada intelectualmente hablando», añadió, «que no es igual que el refinamiento superficial de quienes tienen dinero...»

Me pregunto cómo es que este personaje de la intelectualidad urbanita se viene hasta mi portal a pasear a su perrito bulldog. Aunque también es cierto que Madrid, a estas horas y en pleno verano, es una verdadera delicia, y yo misma camino a veces durante más de dos horas y puedo acabar en cualquier parte tomando un taxi de regreso a casa. Al cruzarnos, le he dirigido un familiar «¡buenos días!» y él me ha mirado extrañado y me ha respondido lo mismo. Huno-Matías va campando sin correa; se para, olisquea y levanta la pata en una esquina.

–¡Ahí no, guarro!– responde Huno-dos-Matías.

–¿Tiene usted perro?– me pregunta sin quitarle la vista al suyo.

–No, sólo un gato– respondo por segunda vez en este segundo encuentro, lo que me hace pensar que durante nuestro improvisado paseo por Recoletos a Matías no debí causarle el más mínimo impacto.

–¿Y cómo se llama su gato? –pregunta él.

–Gato, se llama Gato –respondo, convencida de que ahora recordará nuestro encuentro anterior.

–¡Anda la leche! –exclama con idéntica entonación que la primera vez.

Me doy cuenta de que estoy viviendo un *dèjá vu*, y le miro asombrada mientras él juguetea con Huno, que da saltos sobre sus rodillas y gruñe como un cochinillo. ¿Cómo es posible que no recuerde que vino dándome la matraca durante diez minutos, y que le conté cómo llegó a mis manos el gato cuando terminó de hablarme de los hunos como pueblo y de su afición a la Historia del mundo antiguo?

–¿Y de qué raza es su gato?

¡Ahora sí que no! Me niego a participar en este rondó

callejero... Le digo que es un *sphynx* y que voy muy justa de tiempo, y él me sonríe y me deja con la duda de haber estado tomándome el pelo o ser un completo desorden mental al que han practicado una reciente limpieza de disco duro.

Cruzo la calle y camino a paso urgente hasta llegar a *Miau*, nombre que me viene al pelo para lo ocurrido hace un instante. Hay cosas que mi cabeza no entiende, y una de ellas es la falta de detalle al observar la vida. Para mí es incomprensible que alguien pueda olvidar caras que ha visto durante varios minutos hace tan sólo unas pocas semanas, caras que le han mirado a uno y le han dicho cosas, aunque en este caso la mía fuera más una cara con oídos que una cara con boca; una cara con lo que este señor necesitara, en cualquier caso, de manera que me sorprende, sí, esa falta de detalle para mirar las cosas. Cierto que «mirar bien» le lleva a uno más allá de la cara y del nombre, y de lo que lleva puesto, pero no creo que llegue a mirar en absoluto quien no es capaz de ver ni siquiera la cara. Son capacidades distintas pero complementarias. Para ver hay que mirar, y para «mirar bien», como dice Camila, hay que estar primero dispuesto a ver bien.

–¡Buenos días princesa!

Néstor me regala una de sus sonrisas y me hace una seña para que me acerque a la barra, mientras toma un trapo algo renegrido y lo pasa por encima del hueco donde piensa servirme mi café «jumbo».

–¿Algo de comer? –pregunta mientras recoge una tostada en la ventanilla de la cocina y la pone a mi derecha, delante de un hombre que lee el periódico y da las gracias sin levantar la vista.

–Un mixto, por favor–le digo, inclinándome por algo salado.

–Marchando. ¡Mixto! –repite en voz alta para que la orden llegue a cocina–. ¿Cómo estás, princesa? Hace días que no te veo, desde el sábado pasado, creo recordar...

–Sí –digo simplemente porque no me siento con ganas de hablar de mí ni de nada.

Néstor permanece a la espera. Debería estar acostumbrado a que responda ese tipo de preguntas con monosílabos porque jamás hablo de mi vida con él, pero no parece muy satisfecho con la respuesta. Esbozo una sonrisa forzada y permanezco en silencio. Por lo general soy celosa para mis cosas, así es que no me seduce la idea de intercambiar biografías con un camarero, por mucha camaradería que éste ofrezca desde el otro lado de la barra. De hecho, creo que sólo me conocen realmente Camila y Augusto (y mamá, por supuesto, aunque haya cosas que no le interesen). También me siento cómoda con Camille porque jamás hace juicios de nada, y quizá por eso Camila nos deja solas con tanta frecuencia. A ella su madre le parece ruidosa, cuando a mí me resulta exquisita. Claro que lo de ruidosa lo dice por no sé qué cuestión energética que al parecer es peor que el ruido de las palabras o de los gestos, algo que, en referencia a su madre, no entiendo del todo.

Néstor insiste a base de miradas que llegan de reojo y enseguida se cruzan conmigo y se quedan como a la espera... Da la casualidad de que tengo algo trivial que contarle, así es que comienzo a describirle lo que acaba de sucederme al salir del portal, y le pregunto qué opina de que la gente no se mire y mucho menos se vean. «Unos a otros», le aclaro...

–Preciosa... –me dice mientras pone los dos brazos en jarras y agacha el cuello como un pelín vencido hacia delante–, yo no tengo idea de lo que quieres que te responda a eso...

–Pues quiero saber qué opinas de lo de mirarse y verse.

–Creo que uno mira a una mujer si es guapa y no la mira si es fea. Y creo que a veces uno no ve que una mujer es guapa porque anda con la cabeza en otra parte, y entonces se pierde un bombón y luego lo lamenta porque, cuando cae en la cuenta de que sí era guapa, ella ha pasado de largo y ya no hay nada que hacer. Entonces le miras el trasero, ¿comprendes? ¡Ahí también se ve lo guapa que es una mujer!

–Sois todos iguales, ¿verdad?

–Bueno, tal vez Atila sea un poquito gay y por eso no te ha visto ni mirado ni recordado ni nada. Tal vez si fuera gay yo también llamaría a mi perro Atila o Conan, ¿comprendes? -Y mueve los dedos índice y corazón como en un paso de baile, para que le preste atención al doble sentido de la frase con la que quiere ser ocurrente...

Aquí es donde Néstor comienza a sobrarme. A veces no está nada acertado con esos chistes de gays o lesbianas que deben parecerle aceptables, aunque después añade que él es un tipo abierto con los gustos de todos y que es el primero en manifestarse o lo que haga falta. No le creo perverso sino solamente desacertado. Debe pensar en serio que lo que hace le da valor añadido al desayuno y por eso se pasa el día ideando ocurrencias graciosas.

La cuestión es que el día ha empezado revuelto. En menos de una hora ya he tenido una conversación con mamá de ésas en las que no te deja meter baza, y ración doble de masculino simple. Aunque tampoco puedo estar segura de que lo del dueño del perro sea simpleza, sino tal vez un estar ajeno, en este caso a mí. Quizá es mucho más complejo que la media y lo simple a sus ojos soy yo... Esta posibilidad me molesta. Reconozco que no tengo otro motivo para ocupar mi pensamiento en él que el hecho de haberle pasado desapercibida. Supongo que la idea de ser invisible, siquiera a los ojos de alguien que hace media hora ni existía en mi mente, me hace pensar que tal vez estoy llevando tan lejos todo esto de la conciencia y el universo interior que comienzo a ser etérea para el mundo como dice Camila. En realidad no deseo huir de la vida real como sugiere mi amiga cuando le da por alinearse con los peros que mamá le pone a mi vida. Lo malo es cuando Augusto se suma también a esta idea. Entonces coinciden los tres en la misma conclusión: hace tantos años que vengo perdiéndome la verdadera experiencia, que cuando quiera llegar a ser «eso» –y le ponen las comillas al demostrativo mientras señalan con el dedo hacia arriba–, se me habrá pasado «esto» -y vuelven a ponérselas, pero esta vez señalan con el dedo hacia abajo-. Yo sigo creyendo que el amor, que es de lo que al final hablamos a todas horas sin darnos cuenta, cobra sentido cuando has llegado al fondo de la única cuestión importante: saber quién eres realmente como ser humano.

Entretanto el único amor en el que yo creo es el amor a mi madre, en el que también se une la memoria del amor que sentí por papá, que quizá sea una forma de mantenerle vivo aunque nunca lo había pensado de esa manera. Justo debajo, como si se colocara en un escalón inferior, está el cariño inmenso que siento por Camila y Augusto, aunque tengo con ellos afinidades distintas. Cuando murió mi padre, le pedí a Marisa que viniera a vivir a mi casa pero ella rechazó la propuesta de inmediato diciéndome que yo debía aprender a vivir sin ella y sin nadie, lo cual es bien distinto de amar y tener el valor de entregarse a todo. Por eso insiste en recordarme que se me pasa la vida subida en el vagón de las ideas de un tren que vuela por encima de la realidad a cierta distancia del suelo... Antes solía decir estas cosas mientras recordaba que mi padre era igual y que fue doloroso verle enfermar día a día y saber que había consumido ya todas las oportunidades que le había dado la vida. Decía que ella estuvo allí todas ellas hasta que el corazón se cansó de latir y la última oportunidad fue cogerle las manos y descubrirlas inertes. Que no había más que pensar, más recuerdo que aquel veintitrés de noviembre con sus hojas cansadas como las canas que poblaban la cabeza del hombre que se había negado la felicidad a sí mismo...

Quizá todo aquello se ha grabado de tal modo en mi recuerdo que no soy capaz de adaptarme al presente. Pero cuando trato de sentarme a su lado porque tengo la necesidad de ponerme nostálgica, me da un empujón y me manda crecer. Me dice que no sea tan ñoña, que tengo treinta y cinco años, que son muchos o pocos según para qué cosas, y que la tontería infantil me sobra hace ya mucho rato. No quiere oír disculpas, no quiere arrepentimiento ni falta de coraje para afrontar lo vivido. Eso dice a veces. Después se levanta y me recuerda que no quiere pensar sino vivir, me da un abrazo y un beso en la mejilla, y me obliga a seguir adelante.

XV

Teresa no parece haber prestado ni un mínimo de atención a mi proyecto de planta trepadora. Cuando he subido al salón, las ventanas ya estaban abiertas y olía a incienso recién quemado. Ahora canturrea en la cocina y prepara el menaje para el té. La planta está justo a la entrada, sin disponer en ninguna parte, sólo la puse ahí y ahí continúa. No tengo claro si dejarla aquí o subirla al otro salón, al de casa. En situaciones como ésta, como cuando recibo flores de algún cliente, suelo decirle, «haz algo con eso», y me olvido del tema. Y esto porque las flores no me molestan pero tampoco me gustan, así es que prefiero desentenderme de ellas. Pero esta vez sé que la planta soy yo, sé que subirla a casa o dejarla aquí es una decisión trascendente y me encuentro tremendamente angustiada por la responsabilidad de no saber qué estoy haciendo conmigo misma mientras no sé qué hacer con la planta.

Es de locos, lo sé. El vivero está revolucionando la vida de todos. Por eso me sorprende la decisión de mi madre de marcharse y dejarme a mí su *bonsái*, que por supuesto no es un *bonsái* aunque ella se empeñe en decir que si no es *uno* desde luego es el *suyo*. Cuando lo compró estaba infectado de una variedad de hongo bastante común y decidió que ella lo sacaría adelante. Al cabo de unas semanas no quedaba rastro de la infección y la planta tenía nuevos brotes por todas partes y un aspecto irreconocible. Hace varias semanas comenzaron a caérsele algunas hojas y mamá fue a ver a Camila; sé que comieron juntas y que no me invitaron a unirme aunque no hubiera podido asistir.

Me acerco a la cocina y le doy los buenos días a Teresa.

–*Bueno día* –responde.

Hace diez años que llegó a España pero aún no ha comprendido la construcción de algunos plurales, así es que omite la *ese* final y lo dice a su manera aunque trates de explicárselo una y mil veces. Le cuesta acertar con las concordancias de número y género, de manera que construye frases como «*lo mesa es puesto en plato*», con lo que tiene más que suficiente para comunicarse pero sigue hablando igual de mal que cuando la conocí en casa de Augusto.

–Hoy tengo tres citas muy importantes –le digo–. Tienes que venir a las doce y media, y después a las cinco. Creo que habré terminado sobre las nueve, pero ven a cerrar media hora antes, sobre las ocho y media. ¿De acuerdo?

Asiente y da media vuelta. La cocina huele a hojas de té y a hierbabuena fresca. Lo tiene todo dispuesto para prepararlo en el momento justo. Teresa es pulcra y meticulosa con su trabajo. Le tengo dicho que del ambiente me encargo yo, pero ella sube y baja como y cuando le apetece y le da su toque a las cosas, le hace limpiezas de espíritus a las esquinas porque dice que el mal se esconde allí dentro, pone pétalos de rosa en recipientes de cristal y después los llena de agua y los dispone en donde ella cree que se mueven las energías de la abundancia. Todo esto he ido intuyéndolo al observar sus rituales para cada estación y momento del día y dependiendo de quién haya venido al salón. En esto de las limpiezas ha ido ganando terreno, aunque todavía me gusta llegar media hora antes y darle mi aire a las cosas, algo que a ella a veces le deja un gesto torcido aunque jamás dice nada.

–Verás, Teresa –le digo entonces con esmerada cercanía–, he comprado una planta y no sé bien dónde...

–¡Arriba! –responde sin esperar a que acabe la frase.

–¿Arriba?

–¡Casa! ¡Planta a casa!

Reconozco que a veces me pone nerviosa ese tono de voz con el que te corta el aliento. Sé que no es personal y que en su cultura es posible que se hablen así hasta para decirse «te quiero», pero a mí me deja confusa durante varios segundos, y, en general, cuando logro recuperarme ya se ha marchado.

Puede que tenga razón. No sé si Teresa sabe algo del diálogo íntimo con las plantas o si resulta que le molesta verla en el *hall* de entrada, pero lo ha dicho tan convencida que me ha resuelto un dilema. La peluquería es un lugar de paso donde yo soy solamente una parte de mí, que desde luego no es la más íntima. Quien soy, incluso para decidir cómo gestiono el negocio, vive en el piso de arriba, y es ahí donde busca, vibra y elige.

–Sí –le digo–, creo que tienes razón; la planta estará mejor en la casa. ¿Puedes subirla y dejarla en la entrada? Después le buscaré un lugar confortable donde pueda recibir buena luz a lo largo del día...

Me mira y se encoge de hombros. A Teresa le da lo mismo que le busque un hueco a la planta y dónde. Creo que le da lo mismo lo que sea de la planta mientras la saque fuera... En realidad no me ha sugerido que me la lleve porque crea que va a favorecer nuestra relación –la mía con la trepadora–, ni siquiera porque piense que resultará más decorativa en la casa. Estoy convencida de que Teresa quiere sacarla de la peluquería para quitársela cuanto antes de en medio.

Si hago memoria, Teresa nunca se preocupa de los espíritus y las energías de la abundancia cuando arregla la casa. De hecho, lo único que la he visto limpiar es el polvo, y lo hace de manera metódica, levantando las piezas de decoración y volviendo a colocarlas en el mismo lugar. No tengo demasiados objetos decorativos; me gustan las piezas grandes y los espacios diáfanos, así es que normalmente pasa por encima el plumero y enseguida ha terminado. Una vez cada cierto tiempo se detiene a limpiar con un poco más de detalle, pero siempre vuelve a ponerlo todo en su sitio, igual a como lo encontró el primer día que apareció por mi casa. No es como aquí, en el estudio. Aquí se entretiene en mover las cosas de sitio y buscarles el ángulo idóneo. Una vez al mes lo baña todo en agua con sal: las tijeras, los peines, las horquillas... También suele rociar las puertas con una especie de aceite que no desprende ningún aroma ni deja mancha; es como el agua pero más denso, untuoso. ¿A qué puede deberse tal nivel de detalle por un sitio y tal indiferencia por otro? No digo que en casa no haga bien su trabajo, que sí lo hace; pero intuyo que lo que le preocupa a Teresa no es que fluya la energía para que yo esté contenta con ella sino para que no deje de entrar dinero, que a fin de cuentas es el vínculo que nos une. Está claro que Teresa, mi asistenta camboyana, es la custodia de mi negocio.

Coge la maceta y sale al exterior dejando la puerta bien cerrada. Según ella hay que evitar que la puerta de acceso quede entreabierta más tiempo de la cuenta; sólo lo estrictamente imprescindible para entrar, salir y dejar pasar; de otro modo, los espíritus campan a sus anchas y echamos a perder todo el exorcismo. Cuando vuelve sabe que mi cliente está a punto de llegar, de manera que va directa a la cocina y pone a hervir una cantidad suficiente de agua mineral para preparar cuatro tazas de té. Después dispone dos tazas y un azucarero de Capeans de la línea blanco y oro en una bandeja antigua de Coalport del año 1840, y que por lo que sé ha estado siempre en la familia.

De niña, mi abuela repetía que la bandeja era mi primera pieza de ajuar, y yo observaba el objeto en una vitrina de madera oscura que recuerdo en una esquina del salón donde nació mi madre. Aquel salón estaba al fondo de un pasillo que entonces me parecía largo y oscuro. Jamás encendían las luces para ir a la cocina, situada en el otro extremo del pasillo junto a un baño enorme que recuerdo muy frío, ni tampoco cuando sonaba el timbre de la puerta de entrada. Cuando estaba al otro lado de aquella puerta, aguardando junto a mis padres en el descansillo de madera de aquel edificio de clase media donde mis abuelos habían sido lo que entonces se describía como «un poco más» que el resto de los vecinos, imaginaba que el abuelo se adentraba en la oscuridad del pasillo y que su figura iba desdibujándose hasta llegar a la puerta. Entonces sonaba el cerrojo y su rostro aparecía en la penumbra, siempre grave, no exactamente serio ni mucho menos malhumorado, pero sí reflexivo y contenido en exceso.

Solía quedarme absorta observándolo todo, y al llegar a aquella vitrina esquinera donde mi abuela tenía la bandeja de Coalport y un inmenso reloj de bronce, dos piezas de mediados del diecinueve que había heredado de su madre, me recordaba que en todo ajuar siempre había una primera pieza, y que aquella era la primera pieza del mío. «Un día se la llevará tu madre de esta vitrina,» decía, «y después, cuando llegue el momento, la bandeja será tuya...» Años después esta bandeja se ha convertido además en mi última pieza de ajuar, lo único que me llevé de casa de mis padres cuando me fui a vivir con Max, y también lo único que me traje de vuelta.

Es el único objeto material que conservo como herencia directa de mi abuela materna. Murió de un cáncer que le diagnosticaron en fase terminal cuando todavía era joven, cincuenta y ocho años, la misma edad que tiene ahora Marisa, aunque a mi madre puedas echarle diez años menos. Para mí aquello era morir mayor, aunque oía lamentarse a todos de lo joven que había muerto y de lo visto y no visto. Mi madre me contó que lo que se había llevado a la abuela era la congoja en el pecho, y me dijo que aunque los médicos habían dicho que su cuerpo simplemente enfermó, ella tenía la intuición de que en realidad fue la congoja. Cuando le pregunté por qué se le pegaba aquello a las personas, mi madre me respondió que cuando deseas durante demasiado tiempo algo que jamás llega, lo que llega en su lugar es la congoja.

Ahora, esta bandeja de Coalport que Teresa mima como si fuera suya, ocupa un lugar importante en mi vida, aunque si soy honesta no sé muy bien por qué. No llegué a tener un apego especial por mi abuela; era una mujer fría hasta en las manos y de muy pocas palabras. Creo que lo que me vincula a ella en realidad es la herencia, el hecho de que haya formado parte de las mujeres de la familia, como si constituyéramos un cordón que se alarga en el tiempo, sostenido por las que aquí estamos cuando quienes nos preceden ya han desaparecido. Es un objeto antiguo que conserva su labrado original a base de motivos florales perfilados en oro. Tiene forma cuadrangular con los vértices sinuosamente rematados aligerando el peso y la severidad de las esquinas. En realidad, y aunque Teresa sólo preste atención a la abundancia que se filtra por debajo de la puerta de entrada, –cosa que en absoluto puedo reprocharle y que por otra parte a mí misma me genera una tranquilidad adicional– este salón está lleno de detalles que son muy yo, aunque sea cierto que ahora los objetos me preocupan mucho menos que antes. No hay nada que no escogiera personalmente para formar parte de un proyecto que me ilusionaba en sus comienzos más de lo que me ilusiona ahora, debo confesarlo. Aún así es bello observar cómo ha crecido el negocio, cómo han entrado y salido personas que han dejado aquí dentro pequeños retazos de sus propias vivencias, y cómo a lo largo de los años algunas cosas permanecen idénticas y otras, sin embargo, se han perdido en el tiempo...

XVI

Cuando amanece neblinoso como esta mañana, mi gato se pone ñoño y comienza a canturrear a base de maulliditos breves una melodía que siempre suena idéntica. Parece que le cante a una enamorada que no existe, a no ser que Teresa le permita salir por ahí mientras yo me ausento y resulte que ha conocido a alguien que le evoca esas nubecillas alargadas que parecen cortinas. Sé por Augusto que esas nubes blancas a las que canta Rugoso se llaman cirros, pero no recuerdo si presagian lluvia o son un remanente después de la tormenta, o incluso de un intento de tormenta como el de ayer a la tarde, que sólo descargó el olor a humedad y enseguida cedió a los rayos del sol.

A mi amigo Ogòst le gusta la montaña tanto como la ciudad, y suele salir de escalada un par de veces al mes. Cuando nos reunimos siempre mira al cielo y narra a los presentes lo que se puede leer en él, que a veces está cargado de posibilidades y otras sólo es un cielo evidente de color azul donde brilla un potente sol de verano. Recuerdo el nombre de esas nubes, cirros, porque me trajo a la memoria la cirrosis que se llevó a mi abuelo paterno y le pregunté a Augusto por la etimología de la palabra. Me dijo que «cirro» proviene del latín *cirrus* y significa «hebra de cabello», así es que pasé un buen rato tratando de encontrarle sentido al nombre de la enfermedad hasta que llegué a la conclusión de que debía ser una manera metafórica de definir la destrucción del hígado. Algo así como cuando dicen «el hígado se le ha hecho horchata», que es una expresión que alguien dijo una vez y me hizo pensar en lo desagradable que puede llegar a ser el final cuando el cuerpo está enfermo. Cuando llegué a casa lo primero que hice fue buscar «cirrosis» en Internet, y enterarme de que la palabra puede provenir del griego *kirrós*, amarillo anaranjado, o de *skírros*, que significa tumor. No he sacado mucho más provecho a esta información, pero cuando el cielo aparece rayado con filamentos blancos, siempre me digo a mí misma que aquello de ahí arriba son cirros.

Sé que la razón por la que Augusto no puede evitar leer el cielo cada vez que sale de casa o se asoma a una ventana, es que su amigo Amando se mató en un descuido. Unas nubes bajas que comenzaron a elevarse montaña arriba y le impidieron ver el camino de regreso, según fuentes oficiales; lo demás es un misterio que nadie resolvió nunca porque Amando salió a escalar la montaña él solo, algo que según Augusto no se debe hacer nunca. No tengo la más mínima afición a la escalada, ni tampoco me vuelve loca la montaña. Reconozco que me tira más todo lo que se cuece a nivel del mar. Sin embargo, la historia de Amando me dejó tan sobrecogida que algo de mí siente una magnética atracción casi morbosa por los paisajes montuosos e impenetrables, sobre todo cuando aparecen desdibujados en el horizonte, como inmensas moles que parecen tocar el cielo. Me imagino perdida en la inmensidad de una cadena montañosa que es aliada del tiempo atmosférico y tiemblo ante la evidencia: somos una insignificante manifestación de vida.

Hoy el verano está desvaído. Huele a caída de la hoja y el sol está oculto detrás de una melena canosa de nubes que no sé qué presagian; el gato canturrea mohíno, sentado cerca de la ventana por la que se filtra una luz plateada que a mí no me invita a cantar sino a seguir metida bajo la sábana. Es viernes, y aunque el cielo no diga nada al respecto, me recuerda el preludio de fines de semana que perdí cuando mi negocio comenzó a ir mejor de lo que yo había soñado. Hace casi seis años que no tengo domingos ni sábados. Es cierto que a veces sólo se trata de un peinado el domingo a primera hora, pero es lo justo para que nada rompa la continuidad en la que todos los días de mi vida parecen idénticos. No me debo a nadie salvo a mi agenda, es cierto, pero mi agenda se debe al sello de exclusividad que le han colgado a mis manos, y eso ocasiona un pequeño efecto en cadena donde la primera que también ha perdido sus fines de semana es Teresa (claro que a cambio de un sueldo que le deja un buen margen para hacer sus propios negocios y vivir como una acaudalada burguesa).

Teresa tiene un piso grande y modesto que le permite arrendar dos habitaciones con derecho a baño y salón. De lo poco que habla he logrado saber que la comida es aparte y que quien cocina es ella porque no quiere a nadie metido entre sus cazuelas. También va al mercado y hace la compra para su casa y para la mía, aunque mis bolsas pesan mucho menos y son mucho más caras, dice, sólo porque en la casa de mi mamá no debí aprender nada del oficio de las mujeres (se refiere al ahorro).

Teresa es descarada y gruñona como una vieja abuela que necesita controlarlo todo. A veces río sus gestos y otras me doy cuenta de que hace tiempo que entre nosotras no hay jefes, ni empleados, ni proletarios, ni nada de lo que aprendí de mi padre. Teresa tiene la dignidad tan alta como el sentido de la responsabilidad, dice lo que cree oportuno y sabe lo que tiene que hacer. Aunque quisiera, y no es porque sólo sumamos dos, no podría construir ninguna pirámide entre nosotras. Salvo casos puntuales, suele aparecer por la puerta antes de las ocho de la mañana, entra en la cocina y se prepara un café. Es algo que hizo el primer día que vino a casa para quedarse y me pareció tan natural que nunca le he dicho nada. Bien mirado, ¿cómo no esperar naturalidad de alguien que llega dispuesta a plancharte la ropa interior de algodón? La mayor parte de nuestra comunicación es así, silenciosa. Ella hace «sus cosas» y yo ya la conozco; la veo venir cuando algo le resulta extraño o molesto, y muy pocas veces le doy la satisfacción de decirlo abiertamente; en realidad sólo cuando necesito conocer su opinión. La observo mientras hace unas muecas que acompasa con una rítmica elevación de hombros y un «*¡bluf!*» cuando al cabo de un par de segundos deja caer los brazos como si le pesaran. Cuando entramos en materia, Teresa dice lo primero que piensa, me mira muy fijamente y espera que defienda mi punto de vista para poder iniciar un movimiento de cabeza de derecha e izquierda con el que da por zanjada la charla. Después sólo se marcha.

Teresa ha llegado a cocinar en mi casa el guiso que lleva a la suya para dar de comer a sus huéspedes. Suele venir más temprano con todos los ingredientes en una bolsa, y lo pone todo en un puchero para que se vaya cociendo a fuego lento mientras limpia la casa; después deja una ración en una pequeña cazuela y con eso yo sé que paga la electricidad que ha consumido. Esto lo digo porque conozco su sentido de la equidad y su manera justa de hacer las cosas, aunque también he pensado que no siente que deba pagar nada por cocinar en mi casa, y que lo de dejar una pequeña porción sólo es un detalle con el que de algún modo me cuida. Me siento cuidada por Teresa de una manera fría y distante. Ésa es exactamente la relación que tenemos.

Me doy una ducha cálida y después me dedico diez minutos a masajear mi cuerpo con un aceite de almendra que no deja olor y no se confunde con mi perfume. Me gustan los aromas corporales con un fondo de almizcle, pero sólo cuando la base de la piel está limpia y sin restos de otros olores; necesito que todo sea neutro bajo el perfume. Lo pulverizo sobre el cuello, el escote y ambas muñecas, que después froto suavemente entre sí, y me llevo la izquierda a la nariz para aspirar el aroma.

He decidido ponerme un vestido de los que no necesitan plancha. Es de color amarillo pálido, con el talle muy suelto y la falda cortada al biés. Me siento tan relajada como la estética de esta prenda que compré hace dos veranos en una tienda en Ibiza. Tiene las mangas al codo y un escote redondo algo infantil, que me gusta combinar con unas sandalias de tacón del mismo color que el vestido aunque cuestan tres veces más. Sé que la combinación es nefasta si el ochenta por ciento del presupuesto lo llevas en los pies, pero estoy segura de que nadie lo nota.

La planta está más alta que ayer y ha echado algunas hojitas nuevas que por ahora sólo son brotes minúsculos que apuntan hacia arriba. Me siento igual que ella. Hasta lo de mamá me parece trivial ahora mismo. Le pongo un chorrito de agua y le digo que piense sólo en sí misma, pero que le dejo la ventana abierta por si quiere asomarse a ver lo que pasa en el mundo. «*El día está algo nublado*», le informo, «*pero más tarde seguro que saldrá el sol...*»

Al cruzar la calle, a escasos metros de casa, veo a Huno-dos (Matías) que se dirige hacia mí con su perrito rechoncho caminando a su lado. Diría que me sonríe.

–¡Buenos días! –me suelta alegremente–. ¿No es usted la dueña del gato?

–Sí, tengo un gato –le digo, consciente de que por algún motivo quiero devolverle la misma pelota, la sensación de invisibilidad de hace dos días. Ahora espero que me pregunte su nombre, el de mi gato, y después repita eso de «¡anda la leche!»

–Estuve pensando en usted todo el día. ¿Y sabe por qué?

A veces la vida es de lo más variopinta. El miércoles tuve todo el día la mente ocupada en este personaje con aires de seductor y aspecto dejado. Le miro de los pies a la cabeza. Lleva unas botas Panama Jack de color marrón claro con los cordones abiertos, completamente sueltas, unos calcetines de un tono verdoso y unos *shorts* tipo bermudas con varios pares de bolsillos. Un pantalón recargado de bolsillos como algunas camisas lo son de chorreras. La camisa es de cuadros y tiene los puños remangados hasta donde empiezan los bíceps. Lleva tres botones abiertos que me permiten ver el vello del pecho, justo antes de retirar instintivamente la vista elevando los ojos hacia la barba de varios días, los ojos enrojecidos y somnolientos, y una mata de pelo abundante, corta hacia los hombros y más larga de frente hacia arriba, que le hace al menos un par de centímetros más alto de lo que en realidad es.

–Pueees... no, la verdad es que no –respondo con un tono de voz anodino que no dice nada de mí.

–Me preocupa que su gato no tenga un nombre como Dios manda.

–¿Le preocupa? –le formulo la pregunta mientras arqueo las cejas y abro ampliamente los ojos. No se me había ocurrido que semejante cosa pudiera preocupar a nadie. Aunque pensándolo bien, los nombres son un tema importante. Yo viví años traumatizada por culpa del mío.

–Usted es una joven muy linda y muy delicada. Semejante falta de detalle sólo puede deberse a dos cosas. –se detiene y me mira fijamente a los ojos que supongo han regresado a su forma y tamaño habituales–. ¿Quiere saber qué dos opciones son ésas?

«Evidentemente sí», pienso, aunque sólo hago una mueca que le da pie a seguir hablando, con una aprobación que tampoco busca.

–Puede que el gato llegara a sus manos con una nota donde claramente decía «solo llámame Gato». –Permanezco en silencio, mirándole tras lo que ahora es una ligera, muy ligera, sonrisa–. Puede que incluso la nota la escribiera él solito, pero lo encuentro harto difícil –añade y esta vez es él quien sonríe–. La otra opción es que su gato no sea el verdadero protagonista de la historia. ¿Me entiende? En ese caso, la invito a pasar página y buscar juntos un nombre de verdadero héroe para su pequeño compañero de piso. ¿Qué le parece la idea?

Matías me ha dejado desconcertada. Creo que mi rostro lo dice todo mientras intento recomponerlo y saber qué responder. Es uno de esos momentos en que prefiero que baje el telón y dejar aquí el acto primero. Me retiraría a repasar mi papel entre bastidores, pero es evidente que él no está dispuesto a dejarlo correr.

–No me he presentado, por cierto –dice mientras se inclina para ofrecerme su mano–. Me llamo Leo.

–Encantada. Soy Maca. –La mente es tan caprichosa que ahora se ha puesto a imaginar cómo se desencadena entre nosotros una repentina química que no puede resultarme más estrambótica. «*¡Calla! ¡No seas absurda!*», le digo.

–¿Y bien?

–De acuerdo, creo que en lo segundo ha acertado –digo escondiéndome detrás de una estúpida mueca que me tapa la cara, mientras una parte decisiva de mi cerebro repite desconcertada su nuevo nombre, Leo, que hasta hace un par de minutos era indiscutiblemente Matías–. El gato sólo llegó en un momento algo desafortunado, ya sabe.

–Seguro que el momento ha pasado...

De eso puede estar bien seguro. Ha pasado el tiempo suficiente para haber olvidado casi todas las sensaciones que invitan a quedarse en un sitio. No entiendo cómo es posible que mi emoción se resienta de pronto en contacto con los recuerdos de aquella ruptura. La memoria llega con una frialdad pavorosa pero me trae añoranza, y me parece imposible que algo así esté pasando porque desde el adiós no he vuelto a tener sensaciones. Es evidente que aún aflora el fracaso. Por eso he sentido un vuelco en el estómago cuando Leo-Matías ha pronunciado las palabras «verdadero protagonista» como si intuyera que alguien dejó algo roto en mi vida. Es mi mente la que se ha quedado ahí pegada como una nariz de niño a un escaparate goloso. Me siento asomada desde la calle a un interior que deseo pero que podría no cumplir las expectativas creadas. La piel se ha quedado desierta pero la mente rebosa, se llena, rebusca y estalla. Se vienen abajo las teorías de cómo debe ser el amor para hincharse de necesidad de amor, de gato con papel secundario, de madre ausente y de planta ridícula que no sabe a qué palo cogerse. Este tipo me ha desbaratado una mañana que comenzó alegre bajo esos cirros que empiezan a descorrerse como un telón. ¡Qué me importa cómo se llama mi gato! Es feliz siendo flaco, rugoso y sin nombre mientras todo lo demás lo resuelve Teresa, que sin duda es su referencia de nutrición más directa. Yo soy el sofá, la cama y el calor en invierno, pero la comida y el agua se las sirve Teresa, y también le limpia el cajón que es su cuarto de aseo. De acuerdo: mi apoyo afectivo es un gato flaco y lleno de arrugas que llegó cuando todo era caos, y resulta que aún no he podido organizarme por dentro. Han pasado casi tres años pero no he logrado gran cosa, eso es cierto. Los tres pilares que soportaban mi vida se han caído en cascada y ahora soy una mesa con una sola pata debajo, solo que acostumbrada a tener cuatro, me he quedado en uno de los extremos bajo el tablero y esto se viene ya al suelo. Tengo que ponerme en el centro, caminar unos pasos hasta llegar a la mitad del tablero. Después debo crecer, fortalecerme hasta convertirme en una pata gruesa y robusta que soporte un tablero lleno de platos. Que lo soporte todo.

–Me quedo con el mensaje –le digo queriendo zafarme de él cuanto antes–. Ha sido usted más que útil...

Después le extiendo la mano y él corresponde, le digo que tengo que marcharme y que pensaré seriamente lo de ponerle nombre a mi gato, aunque me divierte llamarle lo primero que se me ocurre, que siempre es con cariño.

XVII

–Disculpa Néstor, no tengo ganas de chistes –él se detiene y me mira como si al decir eso le hubiera disecado o algo por el estilo. Lo cierto es que lo he dicho tranquila pero lo he dicho, y claro, nunca me había tomado la camaradería tan en serio como ahora mismo... Supongo que es el Néstor de siempre, pero en este momento he llegado a mi límite con el entorno. Debía llevar pintado en la cara un cartelito donde pone «dile a ésta lo que te parece su vida» y sólo faltaba que el hombre que me sirve el café se sume a la fiesta.

Lo cierto es que sólo me ha dicho no sé qué de las sábanas, pero con uno de esos jueguitos suyos donde te toca intuir el doble sentido de las palabras y después responderle con alguna otra gracia. Supongo que es muy nuestra esta especie de picaresca con la que no me identifico ni lo más mínimo. El caso es que últimamente me siento invadida y no soportaría otro embate ni aunque papá se levantara de la tumba para terminar lo que dejó a medias. Este conjunto de ramas sin tronco como Dios manda, se ha puesto a hacer balance y ahora sé que las raíces están dañadas, agarradas a la tierra por cuatro pelos.

Durante un tiempo, cuando se me pasó el enfado y hasta que ella se convirtió en esta otra mujer que mi madre es ahora, vi el sentido a su lucha para sacar a mi padre de lo que ella llamaba el «ensimismamiento». Quería devolvérnoslo a casa porque de alguna manera no estaba con nosotras salvo de cuerpo presente, siempre con el espíritu embarcado en una constante batalla. Con sus ideales, papá edificaba día a día otro mundo cuando resultaba que el nuestro, el de casa, estaba ya herido de muerte... Mamá se enfurecía con él porque debía sentirse impotente. Supongo que esperaba que sumara con ella y no lo contrario. De eso hace siglos, pero al mirarme las raíces y ver esos filamentos que se rompen con un simple silbido, sé que allí precisamente está todo. Por eso digo que papá dejó cosas a medias. Y supongo que ahora sólo tengo a mi madre y no puedo concebir que se enamore y se marche porque aún no estoy preparada para sentirme tan sola... Necesito que siga un poco más a mi lado mientras voy levantando las hojas y doy a luz brotes nuevos con los que comenzar una vida donde no haya recuerdos que infectan la savia. Necesito que mamá sea mi muro de trepadora para subir por sus piernas y encaramarme en lo alto de sus caderas. Necesito otear mi futuro desde el balcón de su torre vigía, justo en el centro del pecho, donde siendo una niña se instauraba el origen del mundo, su sentido profundo que era tan fácil como dejarse mecer con el sonido rítmico de su corazón latiendo en mi oído. La siento lejos y la necesito a mi lado. Justo aquí al lado.

–¡Venga, princesa! –exclama por fin el camarero de Miau que busca también un papel importante en mi pequeña novela que no estoy segura de haber escrito yo misma–. Te conozco un poco y sé que en alguna parte de esa carita tan linda hay una sonrisa tímida vestida de fiesta...

Sonrío con espontaneidad y le pido que me perdone.

–Te perdono –responde– y tú a mí también; soy un verdadero patoso... –Sonrío de nuevo y bajo los párpados. Durante unos segundos sólo miro el café mientras jugueteo con el vaso caliente que expide un hilito de humo con el que ahora mismo quisiera fundirme y volar no sé a dónde...

–¿Te he contado alguna vez que yo quise ser pescador?

Levanto la vista y observo un brillito en sus ojos que no había visto hasta ahora, y esto porque tal vez no he mirado con suficiente detalle a lo largo de todo este tiempo, o porque quizá es la primera vez que Néstor quiere contar algo que merece la pena...

–Sí –continúa–, sé que suena ridículo. ¿¡Quién quiere

ser pescador!? Eso dijo mi padre cuando le pedí una barca... –Se detiene y baja la vista–. Tenía el dinero para la barca y más cosas, pero no quiso. Después de eso no he querido ser nada...

Acabo de mirarle con unos ojos distintos. Es la primera vez que le veo en esta dimensión más compleja. Néstor no ha sido un hombre hasta ahora. Ha sido un camarero, un extranjero de mediana edad afincado en Madrid, una charla ligera por las mañanas que, a veces, como hoy, llega mal orientada y te pone a cubierto... Pero lo que no ha sido nunca es un hombre, entre otras cosas porque antes de plantearme quién era realmente Néstor, reconozco que siempre vi en él un vago.

–Todavía puedes –le digo.

–No, Maca, no. No te lo he contado para que me animes a luchar por mi sueño. Te lo he contado porque hoy tienes ojos de pérdida.

Me quedo en silencio. ¿Desconcertada? ¿Sorprendida? ¿Acompañada? ¿Desnuda...? ¿Cómo me siento? Permanece mirándome y no dice nada. Sólo me observa. Esta vez no pestañea, cosa que siempre se ha interpuesto entre nosotros cuando ha querido mirarme de frente... Debe dar por sentado que es evidente que mis ojos se leen fácilmente, o que los ojos en general se leen fácilmente, o que lo evidente es que un camarero que hasta hace un par de minutos me parecía trivial, sepa leer los ojos de otros y acierte de pleno.

–¿Qué piensas del amor? –le digo de pronto aunque me arrepiento enseguida. No sé a santo de qué le he preguntado eso a un hombre cuyas insinuaciones vengo rehuyendo, en parte porque no me interesan y en buena medida también porque se me han pasado las ganas de acostarme con alguien sólo por pasar un buen rato... Imagino que mi mente ha realizado su cadena de conexiones y ha olvidado que no estoy con Augusto sino con Néstor, el camarero de los chistes sin gracia. He visto su mirada tranquila y me he encontrado pensando en el amor consciente, en Max, en mamá y su romance con Nicolae, y en la posibilidad de que Camila tenga razón y todo lo que me ocurre es que tengo tanto miedo a sufrir que vengo aferrándome a un regazo que ya no quiere cuidar de mí sino pasarlo bomba.

–¿Del amor? –repite mientras se aleja un par de pasos para atender a un hombre que acaba de entrar por la puerta–. Del amor sólo pienso que tiene un nombre bello al que pocas veces hacemos justicia. Lo mejor del amor son sus posibilidades, y lo peor nuestra incompetencia en él. ¿Estás de acuerdo en eso, princesa?

Le digo que tal vez, que todo depende de los matices.

–En el amor no hay matices. Amar es jugársela a una sola carta, aunque te dejes hasta el pellejo si la cosa no marcha.

–El amor de verdad siempre marcha –le digo, echando mano de mi teoría.

–Sólo cuando alguien es capaz de verte, princesa... –Se detiene un momento, mira mis ojos y golpea el mármol de la barra con las yemas de los dedos como si fuera un tambor–. ¡Pero para eso está el tiempo! –exclama con ironía mientras se aleja–. A veces el tiempo da ojos a quien no sabe mirar –añade, y esta vez lo dice sin un ápice de sarcasmo. Sólo expresa lo que ha venido guardando y después da la vuelta y me quedo mirando con desconcierto su espalda.

Mirar las cosas siempre se me dio bien. Eso creía. Pero Néstor acaba de hacerme ver que ha estado ahí todo el tiempo, observando desde la retaguardia mientras iba enamorándose poco a poco de mí. O quizá sucedió todo de golpe aquella primera mañana de invierno en la que necesité salir a desayunar en compañía de gente, escuchar el murmullo de voces que de algún modo te arropan mientras lees el periódico, o sólo miras la calle a través del cristal e imaginas la vida que quieres... «¡Tengo que marcharme!». A veces, abrir los ojos inunda la retina de luz, de una luz demasiado estridente, demasiado blanca, demasiado sincera. La luz debe ser tenue, veraz sólo a medias. No sé lo que ha ocurrido en estas tres horas desde que abrí las cortinas y Rugoso empezó a entonar su melodía de cantador sensiblero. Ha debido inundar la calle con su maullido bucólico y Argensola se ha despertado romántica, enamorada de la vida... y de mí.

Néstor me mira de soslayo y sonríe. Y su sonrisa es diferente a las que le he visto hasta ahora: los labios no han dicho nada, ha sido la sonrisa de sus pupilas de un color negro que ahora me parece distinto. Los ojos de Néstor se han renovado y ahora son otros.

XVIII

El paseo hasta llegar al vivero siempre es distinto, no en trayecto pero sí en sensaciones... Suelo bajar por mi calle hasta la calle Barquillo y después brujuleo hasta llegar a Barbieri, para pasar por delante de un taller de pintura a donde una vez fui a parar por casualidad, poco después de terminar mi relación con Max.

Lo llamo taller porque la sensación al entrar es de fábrica, de fábrica de irrealidades nacidas en el fondo de bosques que imaginas en los cuentos de hadas, troncos que bajo la corteza son rostros aniñados y a la vez malévolos, más bien pícaros, juguetones, ramas que ocultan brazos, pequeñas piernecitas que sostienen cuerpos extremadamente delgados, afilados en punta hacia la cabeza que entra o sale de alguna sombra, o que, confundida entre la hojarasca, rebusca, se divierte, te mira con los ojillos vivarachos y la boca desfigurada en una carcajada histriónica de caricato, llamándote a adentrarte en su bosque encantado.

Pero resulta que desde aquella mañana el taller está siempre cerrado. Un pequeño escaparate tras una reja exhibe algunos cuadros minúsculos que son como gotas de agua que salpica el océano. Son en sí mismos curiosos, como pequeñas viñetas, pero te dejan sedienta, intuyes que en realidad pertenecen a una historia más grande, que podrías adentrarte en un cuadro diminuto y perderte en el interior de un lienzo infinito, quizá para no volver nunca. O para no volver siendo la misma sino alguien distinto. Los cuadritos de la ventana colocados a poco más de un metro del suelo, te invitan a entrar a una factoría de sueños cuya puerta está siempre cerrada. No he vuelto a verla entreabierta invitando a adentrarte en su profundo secreto... Me asomaría a preguntarle a la pintora fabricante de sueños algo que en realidad ya imagino: si los árboles inmensos de los cuadros-océano que vierten en la ventana sus cuadros-gota para salpicarte con ellos el rostro, tienen el mismo poder que las plantas de mi querida Camila. La respuesta la sé. Es un sí redondo, rotundo, contundente, cerrado, manifiesto y petulante. «¡Pero qué tontería!», me contestó aquella anciana de pelo blanco recogido sin ninguna destreza al preguntarle si sus cuadros, los grandes, inmensas aguas revueltas respondiendo a bocajarro todas las incógnitas que no llevas escritas pero que salen solas a preguntarse como el que se presenta a sí mismo –soy la pregunta que ésta de aquí no va a hacer, aquí estoy para que me respondas, para que me digas de mí lo que debiera saber si escuchara bien, si mirara bien todas las cosas...–; al preguntarle, digo, si sus cuadros estaban en venta, me dijo: «¡Pero qué tontería!». Y yo no pude sentirme más necia. Fue en ese momento, cuando ya me había adentrado lo suficiente para querer llevarme a casa como si fuera mi templo una de aquellas joyas que sólo después he entendido (pero no lo bastante dentro como para comprender la oportunidad de escuchar mi interior, una ocasión que acababa de tirar por la borda de mi barco en deriva hacia un océano que no ha vuelto a abrirme las puertas), cuando la anciana pintora de sueños me dijo que me marchara, que ya había perturbado lo suficiente su paz, su necesidad de crear para los ojos entrenados a ver, o para las almas dispuestas a salirse del cuerpo. «Ya quiero que te marches», me dijo cuando debió hartarse de verme curioseando sus cuadros; «ahora ya me molestas». Puse cara de susto y salí muy despacio por donde había entrado sin que la anciana pintora volviera a prestarme ni un segundo más de atención. Nunca antes, ni tampoco después, me han dicho con tal claridad que soy un estorbo, los hombros encorvados pero ella enhiesta como un mástil y sin pizca de titubeo, sólo volver la cabeza después de soltar aquello y dejarme allí en medio dando pequeños pasitos marcha atrás hasta girarme del todo y salir por la puerta de su mundo encantado de nuevo a la calle.

Saber que estás de más a veces ayuda aunque sea un aldabonazo para tu ego. Yo sí le dije a Max que hiciera el favor de marcharse cuando vino a casa para tratar de arreglar nuestro fallido intento de amor. Me sonó hipócrita hasta el timbre de la puerta. Me dijo que nadie entendía qué me había dado de pronto. «¿¡De pronto!?» De pronto se me había pasado más de una década junto a un hombre que tenía planificado hasta el día de mi primer, segundo y tercer parto. De pronto había crecido a su sombra y no era capaz de verme sin él, como un chalecito adosado pegado de por vida a la casa vecina, con la misma fachada, la misma puerta, idénticas ventanas de PVC blanco y un jardín también parecido, con su valla de madera y su garaje entreabierto; lo demás cerrado a cal y canto para que cada cual se guise su interior en su propia cocina. ¿Y eso qué importa realmente? La fachada es lo que se ve cuando los vecinos pasean calle arriba y abajo, y observan esos dos chalecitos tan monos recién pintaditos los dos... Está bien, ¡que levanten cientos de casitas iguales los amantes de la homogeneidad! pero esa otra fábrica que nos construye como ciudadanos en serie es una terrorista de almas; algunas tienen la suerte de poder asomarse por la ventana de la cocina, pero otras van directas al trastero y de allí ya no salen. Así es que le pedí que se marchara cuando apareció por la puerta queriendo que pegara de nuevo mi pared a la suya para seguir pareciendo dos cómplices de la decoración de un estilo de vida que a mí me traía cada vez más al fresco.

Ahora lo digo con esta rotundidad y estas ganas, pero no entonces. Ahora parezco enhiesta como la vieja pintora de irrealidades posibles, pero en aquel momento me quedé titubeando detrás del timbre que Max ya no tocó nunca más. ¡Y cómo se lo agradezco! Al morir papá hubiera vuelto con él pero logré superarlo y después alguien tuvo la fantástica idea de regalarme a mi gato... Me hubiera lanzado a los brazos de lo único masculino que quedaba en mi vida. Es lo que tiene una familia pequeña donde ya no hay abuelos, nunca hubo hermanos, y el parentesco más cercano es una tía decididamente antipática que vive en Santander y que además nunca ejerció de tal cosa. Pero en lugar de aquello me acerqué todo lo que pude a Ogóst, que apareció con los brazos abiertos y les pedí a todos que no le dijeran a Max que mi padre había muerto. Creo que aún no lo sabe.

Hay realidades que la dejan a una con el pelo hecho una maraña. (Se me ocurre el pelo porque es la mente la que se revuelve primero. O tal vez sucede que el pelo es la única metáfora que domino y por eso la adapto para que me sirva como ejemplo de casi todo. Aunque bien visto, seguro que el cabello es tan digno de *mirar bien* como los neoárboles de Camila que para mí tienen aspecto de moños). Lo que está enseñándome la vida es que las oportunidades siempre son únicas. De modo que a veces me siento ridícula una vez más al pasar por delante de la ventana de gotas de cuadro con la esperanza de ver la puerta entreabierta para brindarme la entrada. Es una oportunidad ya pasada, mirar la realidad interior y no el arte. Porque lo que yo vi esa mañana fue una artista con la espalda combada y los dedos de garfio agarrando la pintura como si fuera una masa para después pegarla a puñados en el lienzo grosísimo donde parecía que lo único que no faltaba ya era pintura. «Lo que falta en los cuadros ahora es pintura», dijo la anciana como si me leyera los pensamientos. «Ahora tiran con un pincel y estiran la pintura hasta que se trasparenta el blanco del lienzo. ¡No sé qué creen que van a sacar de ahí dentro!».

Aquella mujer esculpía los ojillos opacos en los rostros encendidos de sus personajes de cuento como si ya estuvieran dentro de la pintura espesa de infinitos colores, mezclándose hasta parecerse tanto y tan poco a la realidad, que yo misma dudé por unos instantes que aquello no fuera sino un simple sueño. Pero no, no lo fue. La puerta sigue cerrada en el mismo sitio, y los cuadritos pequeños, siempre los mismos que nadie compra –o que la anciana tiene a cientos porque son réplicas del mismo retazo de historia– se muestran detrás de la reja a través de un cristal renegrido que impide la visión nítida de la pintura.

Casi todos los días camino por delante de la fábrica de mundos posibles porque de ese modo alimento la idea de que tal vez algún día la puerta estará de nuevo entreabierta para que yo encuentre algo que no tengo claro qué es pero será clave y cambiará algunas cosas... Cuando por fin llego a la esquina del Instituto Cervantes, me detengo a observar lo imponente que es la ciudad a esa altura: un cuadro vivo con cientos de seres humanos moviéndose agitadamente como pequeñas hormigas, decenas de vehículos por minuto y cámaras fotográficas dispuestas a congelar el instante. Un instante que nunca es tan bello como la vista real de esta encrucijada.

Al mirarla por dentro, la ciudad no es ninguna fábrica de vidas en serie. No para de reír las excentricidades con gusto, y parece decir que ya basta de adormecimiento y nostalgia: «¡Despertad de una vez y echaos a mis calles, no lamentéis vuestras vidas, vividlas de pleno, proyectadlas conmigo...!» La esquina de Alcalá con Gran Vía es donde mejor se oye la llamada de la ciudad a patear el asfalto como una tribu. Los movimientos callejeros la entienden. Se suben a un *skateboard* y la recorren contracorriente, o le pintan la cara a sus fachadas más grises, le bailan encima como si fuera un tablao y suben la música en cualquier callejón donde la acústica es sorprendente. Ésa es una ciudad bien distinta. Algo en Madrid va cambiando que viene haciéndose eco de las voces del alma. La veo en expansión hacia otro Madrid y me gusta la idea de que un latido común recorra sus calles mientras algunos nos preguntamos si el orden escrupuloso, la hilera de coches amontonados cada lunes y martes bajo un semáforo en rojo, no esconden personalidades al borde -como tituló el irrepetible Almodóvar- «de un ataque de nervios». Si no deberíamos bajarnos todos del coche y dejarlo allí en medio con las llaves puestas, sacar el *skateboard* del maletero y echarnos a rodar José Abascal adelante, cogiendo tal carrerilla que terminemos todos en la Avenida de América con la misma sensación de libertad que la estatua, conmemorando nuestro primer día de genuina y espléndida independencia...

XIX

Aunque cueste asimilarlo, es cierto que las plantas somos nosotros mismos como dice Camila. Con un poco de atención no es necesario que nadie nos hable de lo que dicen. Pero hay que prestar atención.

Hace algo más de tres años que Augusto rompió una relación de pareja que parecía eterna. Algunos lo conocemos ya lo suficiente como para saber que jamás estará satisfecho. Cuando no es su piel la que demanda más caricias, es su mente la que se aburre, su alma la que añora o su cuerpo el que busca la libertad. Cuando todo sucede a un tiempo, las historias románticas le duran dos o tres noches, pero cuando el sentimiento es profundo, y a pesar de que terminará acabando con él, Augusto puede llegar a entregarse mientras mata lentamente la vida en común. Eso es lo que hizo con Carlos. Lo vimos todos el día que celebraron el treinta y seis cumpleaños de Carlos con una cena de amigos que por primera vez no fue escandalosamente frívola y divertida sino incisiva. Se pasaron la noche lanzándose dardos que nos sobrevolaban a todos dejando un *¡zas!* y un *¡shsss!* y enseguida otro *¡zas!* Las cabezas de unos y otros se ladeaban esquivando los filos voladores que podían cortarte la piel y dejarla sangrante aunque la cosa no fuera contigo.

Entonces Carlos invitó a todos los presentes a prestar atención y a poner los ojos en un punto que en aquel mismo instante marcaría un antes y un después en todo lo que había parecido idílico e inmensamente amoroso en aquella terraza... Carlos señaló los restos de su naufragio contenidos en el pequeño boj que le había regalado a Augusto como símbolo de su amor. Un ejemplar de boj tristemente seco que, según él, Augusto había dejado morir, si no matado con estudiada paciencia, hasta que la última rama verde se había extinguido poniendo fin a una vida más, un símbolo más de cuidado y esmero, o una oportunidad menos para ser feliz de la manera más simple.

Dos semanas más tarde, Carlos había recogido todas sus cosas de casa de Augusto, y lo último que le dijo –lo sé por el mismo Carlos–, es que había envenenado su relación echándole aquella cicuta a su boj, y que ya le tocaría pagar por ello a base de pena. (Lo que Carlos llamó «cicuta» era un líquido amarillo para prevenir pulgones con el que Augusto rociaba el arbolito varias veces al día). No hemos vuelto a saber nada de Carlos.

Esta noche Augusto vendrá a casa de mi madre con otro hombre que ahora es su amor. «Ricardo lo es todo», eso repetía Augusto hasta para despedir a Teresa porque el otro no podía besarle tranquilo cuando ella está en casa. De eso hace un tiempo, pero siguen en el mismo nivel de entrega y complicidad, sin interponer en su relación regalos vivos que puedan morir. No sé si es un aprendizaje de Augusto o es que a Ricardo le gustan las plantas lo mismo que las asistentas camboyanas, es decir, lo justo hasta darse cuenta de que le miran a uno y le dicen lo que no quiere oír.

Reconozco que estoy nerviosa por lo de la cena. Mamá no suele invitarme a sus cenas porque está segura de que me aburriría. Eso dice. Hasta ahora no me ha preocupado en exceso que quiera tanto tiempo para sí misma, que se reúna con el grupo de mujeres católicas de San Francisco el Grande, con las fanáticas de la alimentación ayurvédica o con el grupo de yoga aunque ya no asista a las clases. Me parece estupendo que tenga una vida tan llena aunque no entienda la mitad de las cosas que hace. Bueno, tampoco es que no entienda su vida en sentido estricto; es sólo que se me escapan demasiados detalles, y cuando le pregunto porque quiero acercarme a su mundo, me responde cualquier otra cosa y eso me intriga todavía más y me aleja todavía más de cualquier posible conexión con su peculiar universo interior.

Hoy la cena es una velada para mis íntimos, no para los suyos que sólo he visto de refilón. Vendrá Camila, y lo hará sola porque no le interesa ninguno de los hombres que la cortejan, salvo su acólito Marcos, que iría a cualquier rincón de la tierra por estar un minuto a su lado. Pero de su historia con Marcos ya sabemos que ha decidido no escribir ni un solo capítulo más porque dice que amar le resulta demasiado sencillo y teme que para él no sea tan fácil... Sé que *amar* quiere decir *hacer el amor*, pero hacerlo de veras, es poner el corazón junto al sexo cuando alguien ha ganado tu piel a base de alma. Le resulta tan sencillo hacerlo como entender que un acto así no vincula de la manera en la que él necesita. Por eso sabe que Marcos no estará preparado para fundirse con ella hasta que no haya matado esa otra manera de amar, que es la que realmente mata el amor. Y está casi segura de que cuando eso llegue, porque cree que Marcos buscará en otras mujeres la forma de volver finalmente a ella, ella sin embargo ya se habrá ido.

A Camila no le interesan las citas caras, y desde luego mucho menos los ramos de flores, que es lo que le mandan algunos que seguramente no han entendido que su vivero es una fábrica de flores vivas porque con ellas alimenta la vida, y no un pedazo de muerte anticipada diseñado para estancar el *chi* en el salón. Cuando has nacido rica y dedicas tu tiempo a una especie de artesanía botánica, es evidente que lo has visto todo, que lo has tenido todo y te has quedado en el lugar justo. Por eso el amor que concede Camila es mucho más que la piel, aunque ella está segura de que ésa es precisamente la verdadera frontera entre las caretas y el alma. La piel bajo máscaras es gruesa, dice; aunque pueda ser tan suave como un pétalo de la flor más delicada. Al retirar la máscara, la dermis se atenúa, como si se retirase de sí misma para quedar literalmente en la desnudez más extrema. Ella lo dice a lo bruto, aunque nada en sus labios pueda llegar nunca a tomar un cariz soez o excesivo. «¡Sin careta estás en pelotas, mi niña!» Es así como hay que hacer el amor. Es así como puedes sentir al otro, llenarte de él hasta que la piel se ha tensado como la de un bongó y tu interior es una caja hueca de resonancia con un corazón en el centro, y al hacer el amor suena un dúo de percusiones en el otro extremo de la calle, de la ciudad o del mundo.

Camila está segura de que un amante ocasional puede ser el AMOR con mayúsculas, que un instante de entrega puede encerrar el principio y el fin de la vida. Por eso le niega su cuerpo a quien no ve almas rotas en un ramo de flores o no es capaz de mirarla a los ojos cuando le habla de sentimientos o de atracción, y se lo entrega no al que corteja sino al que mira bien. Le vale la palabra atracción, «me atraes, Camila, quiero sentir la tibieza de tu cuerpo, tus senos, tu esencia... » siempre que los ojos digan que allí detrás hay alguien que la ha visto del todo, que la miró al completo. Alguien que también es capaz de verse a sí mismo, con y sin careta. Saberse y despojarse de ello es la clave de una noche de verdadero amor con Camila. Esto lo imagino y pongo su nombre a una historia personal que nunca me ha contado salvo a retazos. Para saber de ella hay que escuchar lo que dice cuando parece que sólo está haciendo filosofía. Mi amiga Camila jamás dice nada que no se aplique a sí misma, de manera que puedo imaginarla con amantes de los que nunca me ha hablado. El número es una incógnita.

Entiendo su manera *hippie* de ver la vida. Más aún, la respeto y me gustaría ser como ella, entregarme en el lugar y momento justos y seguir con mi vida como si tal cosa. Yo espero un amor de verdad que venga de serie con todos los subtítulos, y un capítulo de cierre donde diga que «juntos se hicieron viejos». Un amor evidente, amor real, tú-y-yo como las tazas de té, con las mismas flores y un garabato en la base donde diga «*forever*». Un amor de los que sólo existen cuando has dejado de tener miedo a la soledad.

Por eso creo que mamá se equivoca. Ha ocupado cada minuto desde que murió mi padre como si le horrorizara no tener nada que hacer. Tiene una agenda tan amplia que yo misma debo pedir audiencia para que me abra hueco fuera de mis horas, como si verme con mi propia madre fuese una cita con el fisio un par de veces a la semana. Eso sí, Marisa tira de teléfono para casi todo. Me llama a deshoras, cuando a ella le da la gana, a veces sólo para oírme. Me pregunta si estoy bien, si aún tengo esas sábanas de raso granate, si todavía duermo abrazada a mi almohada y cosas por el estilo. Después calla y a veces dice que le gusta el sonido de mi respiración al otro lado del teléfono y que no diga nada para que pueda grabarlo tal como suena. Se ríe para quitarle solemnidad y antes de colgar el teléfono añade que mi respiración está siempre con ella a lo largo del día. En esos momentos la siento cerca, así es que le perdono que invada de ese modo mis tiempos de sueño, haciendo evidente que no piensa, que actúa por puro impulso y que la vida se ha convertido en un urgente aquí y ahora.

Mamá vive en un edificio del diecinueve. Tiene acceso de carruajes, aunque no es de los más vistosos que hay en Madrid, y un portero seco y avinagrado con los de fuera que domina la expresividad del rostro como si fuera un mimo. Es incapaz de sonreír a las visitas aunque sean hijas de la señora del quinto, y tiene la desfachatez de mirar al inquilino sólo cuando las visitas le acompañan a casa, a veces cogidas del brazo como mamá y yo. Para Domingo no existo yo ni nadie que no resida en el edificio. De hecho, tengo la sospecha de que tampoco es igual de amable con los arrendatarios. Para Domingo hay clases, y él únicamente se debe, de manera jerárquica, a los que le pagan el sueldo y el pisito que ocupa en un rincón de la planta baja. Entre ellos está mi madre, que por coeficiente de habitabilidad no es quien merece la sonrisa más amplia, pero que se ha ganado a base de curvas (ahora menos pronunciadas que nunca) lo que le falta en metros cuadrados. Esto es evidente por la cara de Domingo cuando la ve llegar. Creo que Marisa es la excepción a la regla, el talón de Aquiles de Domingo el portero.

Al entrar, le miro fijamente sentado en su sillón desde el que parece dominar el acceso como Felipe II dominaba los campos de El Escorial desde su silla de piedra. Para la realeza no hace falta cuna. Hay quien se siente rey de su metro cuadrado de espacio, de su celda o de su libertad, y desde ella domina el mundo. Creo que sentirse rey es muy sano, tanto como ser proletario por elección y combatir desde el sillón de casa a la clase pudiente. Al final se queda todo en el mismo sitio: una silla que no le importa a nadie pero que a uno le identifica con algo por lo que la vida merece la pena.

Lo malo de Domingo es su talante despótico. Si reinara en algo más que las zonas comunes del edificio donde vive mi madre, podría llegar a ser hasta despreciable. La amabilidad sí es una cuestión de cuna, y cuando falta es peligroso que uno reine en nada.

–Buenas tardes –comienzo yo porque sé que a Domingo los saludos le cuestan sudores.

–¡Buas! –responde a lo rápido con los ojillos elevados por debajo de las gafas, que se pegan a la nariz y parecen pesarle tanto a la cara que le resulta imposible levantarla para mirar al frente.

–Se quedó buena tarde... –lo digo sólo para provocarle, porque sé que aborrece las conversaciones típicas de portero. La tarde es como muchas de esas tardes a finales de agosto cuando el verano se relaja y el aroma de otoño se instala con fuerza durante algunas horas, o a veces un par de días, para volver con arrepentimiento, digo el verano, como si lo hubiera pensado mejor y quisiera quedarse más tiempo.

–¡Puf! –responde amablemente Domingo, el portero de las interjecciones–. ¡*Va* calor! –«Va» que quiere decir vaya pero como tiene prisa por escurrirse lo suelta a medias.

–Sí, ya sabe, el verano siempre sorprende en estas fechas...

Sé que le estoy molestando. Levanta la cara y me mira.

–Ya llegó su amiga –dice entonces.

–Oh, sí –respondo– Cenamos en casa de mamá. –Menea la cabeza y encoge los hombros porque a él esa información no le importa. Lo único que le apetece a Domingo es que agilice mi paso por su dominio y lo deje tranquilo.

–¡Cómo está la cosa con tanta huelga! –insisto como si quisiera arrancarle algo más que un par de monosílabos mal encarados–. Por aquí pasarán todas seguro...

Esto lo digo como si no supiera por mamá que últimamente las manifestaciones le tienen frito porque a la gente le da por arrojar porquerías al interior y escribir en la fachada cosas como «¡abajo la riqueza!» y «¡aúpa el pueblo!», y como si no fuera más que evidente además, viviendo a un paso del Congreso...

–¡Bandidos!

Nada, de ahí no lo saco. Este hombre ahorra palabras como si tuviera que tributar por ellas.

–Bueno, Domingo, me alegro de verle –me despido por fin, mientras abro la puerta del ascensor y me meto dentro de la caja de madera recién barnizada.

–¡Hala! –responde, como si dijera «¡con Dios!».

XX

El timbre de la entrada es de los antiguos. El din-don va perdiéndose detrás de la puerta, e imaginas una estancia diáfana con los techos de cinco metros que terminan en una moldura de escayola con el reborde pintado de color oro, a juego con una inmensa lámpara, también dorada, con diez o doce bombillas en forma de vela apuntando hacia arriba. Después oyes pasos, que se cruzan en alguna parte con el eco ya mermado del din-don, y que van cobrando mayor protagonismo a medida que se acercan. Hoy es mamá quien abre la puerta. Lo sé antes de que descorra el pestillo y aparezca sonriente y leve al otro lado, vestida con algo vaporoso que le deja sentir la carne sin ninguna presión. Sus pasos suenan como cuando era niña y la oía por el pasillo ya metida en la cama. Mamá llegaba a mi cuarto para darme las buenas noches, y solía permanecer tumbada a mi lado hasta que me quedaba dormida, y a veces estaba también allí al despertar; nunca he sabido si porque también la vencía el sueño o porque venía por las mañanas para que al abrir los ojos la viera tendida junto a mí.

Al abrir la puerta, abre también los brazos y me estrecha en ellos con fuerza.

—¡Hola cariño! —exclama.

Permanece pegada a mí y el peso de su cuerpo reposa en el mío. Está temblando. La recojo con mis brazos por la cintura y me doy cuenta de cómo ha mermado su cuerpo. La dieta estricta que sigue desde que se ha encontrado con su espiritualidad extrema me ha dejado media madre. El resto parece haberse evaporado. Recuerdo abrazos en los que yo debía estirar mi musculatura para llegar a enlazar mis manos detrás de su cadera. Claro que entonces era una niña. Después no ha habido abrazos durante mucho tiempo, no de esta manera en la que puedes sentir el hueso de la cadera clavado en tu abdomen. Su corazón golpea tan fuerte su pecho que parece dentro del mío. Mi propio corazón se ha callado para escuchar el suyo. Compartimos latidos que van a su ritmo, no al mío, hasta que me acelera a mí también y empiezo a preguntarme qué le sucede a mi madre. ¿Puede estar tan enamorada que ha exiliado de pronto la frivolidad con la que lo aborda todo salvo su dieta, la meditación y el yoga? ¡Ay, Dios mío! ¿¡Puede ser cierto que mamá esté enamorada!? Quiero decir como una adolescente, no en el sentido prosaico sino en el otro más dramático que te quita la vida, el que te suicida de todo lo que era estable. Si mamá se ha enamorado así –y mucho me temo que sus latidos son narradores de excepción de un batiburrillo emocional culpable de todos los cargos– yo sólo puedo esperar que él la quiera, que le haga bien y la cuide.

–Hola mamá –le digo como queriendo no escuchar más allá del saludo, que exento de latidos y huesos de cadera sobre mis músculos, exento también de la voz, que hoy lleva consigo el tono de sus llamadas siempre a deshora, exento de la emoción, de acentos, de entonación y de puntos suspensivos justo después de la exclamación, puede ser un «hola» neutro, un «hola» desapasionado que no invita a pensar salvo en el menú.

–Camila está dentro con Nicolae.

–Ya me lo ha dicho Domingo. ¿Puedes creerlo? Supongo que tenía tantas ganas de perderme de vista que no ha podido evitarlo...

–No te cebes con él, al pobre no se le dan bien las personas.

–Eso es evidente, mamá. Pero sigo pensando que hay mucha mala uva también.

–Anda, ven. Quiero que conozcas a Nicolae...

–Mamá... es el jardinero de Camila. ¿No crees que a estas alturas sé bien quién es Nicolae?

–No, cariño. Yo creo que no tienes ni idea. Anda, ven.

Me coge de la cintura y me impulsa hacia delante como si me dijera «¡vamos, baila!», lanzándome a una pista vacía donde un círculo de personas cruzadas de brazos esperan verme allí en medio sólo para observarme.

¡Din-don! Vuelve a sonar el timbre de la puerta y respiro salvada por la campana. Ahora bailaré acompañada, colgada de dos pares de bíceps que vienen a sostenerme las piernas flojas. Abro la puerta yo misma y al otro lado aparecen Augusto y Ricardo con sus dos barbas bien recortadas, sus cabelleras morenas y sus estilos que no son idénticos pero sí simétricos. Diría que parecen hermanos. Abren sonrisas blancas de lado a lado del rostro. Después los brazos, que ahora no son para que yo baile sino para que mi madre se meta dentro.

–¡Marisa, estás divina! –le dice Ricardo a mamá. Después la coge de la mano y le hace dar una vuelta sobre sí misma mientras la mira con admiración de pies a cabeza. Yo misma tengo tiempo para observarla y reconozco que me sorprende, parece una mujer de mi edad. Está demasiado delgada y la veo pálida bajo la sombra de ojos y el toque de color rosado en los pómulos y en la punta de la barbilla, pero es que la dieta que sigue no lleva nada graso, nada animal o tóxico, como ella dice; nada que oxide el cuerpo que quiere para vivir. Mamá sonríe y da la vuelta con verdadero donaire. Tiene un arte para esas cosas con el que se nace o no. Yo, por ejemplo, no he sacado de ella esa parte. No con la misma gracia...

–Sí –repite Augusto–, ¡estás fabulosa!

–Sois un encanto, chicos. Vamos al salón...

En la reforma de la casa, mamá decidió dejar un tramo del pasillo para preservar la vista desde la entrada, sustituyendo gran parte del tabique por unas grandes láminas de cristal opaco que no dejan pasar toda la luz pero sí su reflejo. En el suelo tiene algunos cuadros que parecen dejados ahí de momento. La sensación al entrar no es de pasillo sino de galería de arte que además sirve de parapeto al salón, el espacio donde ella hace la vida, y que comunica el distribuidor de entrada con las dos únicas estancias, el que para ella es un dormitorio secundario y el único baño de la vivienda, donde el váter queda cerrado por una puerta de cristal ahumado y un tabique que lo separa de la zona de aguas, en la que mamá tiene instalado un lavabo de dos senos, un bidé y una ducha veneciana. Al fondo de la galería se abre un arco a la derecha que permite el acceso al salón. Es lo que mamá llama el *loft*. Su cama está en el extremo opuesto, frente a uno de los tres balcones al exterior, aunque durante el día parece un grandísimo sofá lleno de cojines en diferentes tonos de color plata y morado. Un poco más a la izquierda está el salón propiamente dicho, con dos butacones, un sofá de tres cuerpos detrás de cuyo respaldo mamá ha colocado un taquillón estilo Luis XV que estaba en casa de la abuela, y varios cojines de suelo por todas partes para sentarse donde uno pueda. En la pared detrás del sofá y enfrentado con el taquillón, hay un escritorio de líneas rectas, como todo el mobiliario salvo ese taquillón de la abuela y la cama de estilo oriental que compró en una empresa de importación que localizó en un polígono industrial en Toledo. Hay una mesita de esquina colocada junto al sofá que marca visualmente el espacio donde termina el salón y donde comienza el paso al comedor y a la cocina, ambos integrados en uno. Entre el balcón de la izquierda y el central que corresponde al salón, mamá tiene su pequeño jardín. Ha diseñado un espacio donde las plantas crecen como en bancadas, creando un juego visual de relieves que podría parecer la ladera de una montaña, visto con la suficiente perspectiva, claro.

Me gusta la decoración de esta casa donde no hay casi recuerdos. La estantería decapada a juego con la mía ha ido a parar al cuarto de invitados, y salvo el taquillón de la abuela, lo único que conserva de su pasado son los álbumes familiares, que curiosamente sólo cubren una etapa de nuestra vida, hasta que yo cumplí los catorce. Después ya no hay fotos, y las dos que tiene mías posteriores a aquella etapa, se las he regalado yo con dos marcos de laca roja china que resultan igual de simétricos que Augusto y Ricardo cuando les ves llegar, iguales pero tampoco idénticos.

Mamá les coge del brazo y yo me quedo la última en un acto de autoprotección inconsciente. Es evidente que no quiero entrar ahí dentro, que siento que algo ajeno a nosotras se ha instalado con tal fuerza en la vida de mi madre que no sé si sabré digerirlo... Al cruzar el arco que separa la galería del *loft*, Nicolae se levanta y deja una copa de vino blanco sobre la mesita esquinera que no ocupa una esquina sino el mismísimo centro del *loft*, justo al lado de una lámpara de sobremesa art-decó (digo la copa), que narra la historia (y ahora me refiero a la lámpara) de una bailarina de bronce que sostiene una luna menguante.

Me mira a mí. Sé que solo me mira a mí. Yo vuelvo la vista hacia Camila, que sigue sentada y ha levantado la mano con un «¡hola!» tan alegre como la feria de Sevilla, ondeándola como un pañuelo a derecha e izquierda. Parece que vitorea. Me acerco a ella y le digo entre dientes: «¡qué papelón!». Me da un pellizco. «¡Familia!», dice Ricardo, que en estas ocasiones es más efusivo que Augusto. Nicolae se aproxima y les estrecha la mano. Mamá dice, «éste es Nicolae», mientras le pone con suavidad la mano en la espalda. Dejo congelada la imagen en mi retina. Bueno, en el ángulo izquierdo de mi retina, porque lo he visto por el rabillo del ojo... Nicolae se vuelve hacia mí como si tuviera que perseguirme. Yo he rodeado el sofá por detrás, pasando frente al taquillón, y después lo he vuelto a rodear, esta vez por delante, para llegar al butacón donde está Camila, que ahora se ha levantado. Podía haber cruzado como Nicolae junto a la mesita esquinera y hubieran sido tres pasos, pero entonces me habría topado de frente con él, y no habría sabido si besarle o darle la mano. Mamá le ha ascendido a un estatus que me resulta raro. ¿Ahora soy una esnob? La primera vez que le vi sólo nos dijimos «buenos días». Él llevaba un mono de trabajo de color hoja de otoño y tenía las uñas llenas de tierra y estiércol. El saludo fue sonriendo pero sin tocarnos. La sonrisa era un bulo. Ahora está limpio (ya he visto sus manos) y lleva puesto un pantalón de lino que le sienta espectacularmente bien. Por cierto, lleva corte en el pelo. Corte con intención, quiero decir, afeitado en la nuca, cortísimo hacia las sienes y ligeramente más largo según va subiendo, hasta que sobre la frente se eleva un pequeño flequillo hacia arriba, al estilo Tintín. Parece otro hombre. Yo misma le miraría por la calle, lo reconozco.

Me pregunto en qué momento pudo verle mamá. Vestido con el mono y las botas verdes hasta la rodilla, y con ese aire de jardinero huraño, jamás se me hubiera ocurrido entablar ninguna conversación con él salvo para preguntarle por los cuidados específicos de alguna variedad. Pero teniendo a Camila, ¿qué necesidad tenía mi madre de hablar con el jardinero, que siempre anda a lo suyo y jamás mira a nadie?

–Hola Maca –murmura con naturalidad pero en un tono de voz lánguido. Me toma la mano izquierda y se inclina sobre ella acercando sus labios hasta que prácticamente roza con ellos mi piel.

–Hola Nicolae, bienvenido.

¿¡Bienvenido!? ¿He dicho «bienvenido» con toda esa ceremonia, como si le acogiéramos en el clan, como si fuera un refugiado de vuelta a casa, como si hubiera realmente ascendido a otro lugar en el mundo al que los demás ya pertenecíamos hace por lo menos tres décadas, como si le abriera las puertas de alguna parte...? Ni siquiera es mi casa. ¿No podía haberme quedado en algo más aséptico, como por ejemplo: «¿qué tal Nicolae? Me alegro de verte...?».

Creo que la noche promete. Nos sentamos todos alrededor del sofá, y él se encarga de servirnos el vino, yo blanco como casi siempre en verano porque me resulta más fresco y me sienta mejor. Augusto y Ricardo prueban el tinto, igual que Camila, y mamá bebe un vaso de agua con gas y un chorrito de lima.

–¡Me encanta que estéis aquí todos! –comienza mamá, que está sentada a mi lado, mientras me coge la mano.

–¡Bueno! –exclama con entusiasmo Ricardo–. ¿Y ese viaje que vais a regalaros?

–La idea ha sido mía –dice mamá.

–¿Pero cuánto tiempo? ¿Dónde? ¡Contádnoslo todo!

–Todo se irá haciendo sobre la marcha –explica mamá sin demasiadas ganas.

Parece que no es eso lo que le apetece compartir, ¡y ya es raro! Con la efusión que le puso cuando me lo contó a mí, me extraña esa evasiva. Si no la conociera, tal vez no podría leer una cierta nostalgia que se le ha puesto encima de los ojos, justo sobre los párpados, que se abren como las banderas a media asta, aunque evidentemente no ondean porque sería un guirigay de pestañas. No sé si la metáfora es la más acertada. Cuando me alejo de la peluquería es evidente que la comparativa no es mi mejor aliado. El caso es que los ojos de mamá en este momento son como el ala de un sombrero que cae sobre la mitad del rostro; no tiene las pupilas libres, se ha puesto una malla de protección contra incendios y eso es porque está a flor de piel.

–Hoy he tenido una visita curiosa en el vivero –sale al paso Camila, que no sé si lee a mamá tanto o mejor que yo, o incluso sabe cosas que a mí se me escapan–, una taiwanesa de setenta y seis años que aparentaba cuarenta, y no os exagero. –La miramos todos con la expectación que siempre levanta Camila–. Lo más increíble fue verla ir directa a uno de mis naranjos y ponerse a hablar con él como estamos haciéndolo nosotros ahora. –Abre mucho los ojos y nos repasa uno a uno–. ¡Os lo digo en serio! Hablaba en voz alta con el naranjo como si fuera el mismo Nicolae zascandileando por allí...

¡Me maravilla la naturalidad de mi amiga! Yo le digo al jardinero bienvenido al nuevo mundo como si diera por sentado que se ha mudado a la zona noble, y ella nos lo viste de botas de huerto como si tal cosa. Debo confesar en este mismo instante que soy una esnob gracias a papá. Las clases sociales estaban tan arraigadas en casa, que no puedo dejar de verlas, y diría que *«tolerarlas»* (aunque a la palabra le pongo comillas, cursivas y más comillas) desde mi lugar de confort. En el fondo fui una niña mimada. Mimada por papá. Cuando mamá reclamaba un salón donde cupiese la gente, era para sentirse coherente. Papá luchó para salir de un estatus al que también se aferraba. Necesitaba sentirse limpio, comprometido; recordar para no sentir que había defraudado a los suyos, igual que toda esa «*sarta de vendidos*» que tanto aborrecía. Pero papá era así «bajo cuerda...» No sé si llamarlo de ese modo porque yo era su única hija y tiene sentido que me mimara, que cuidara de mí como de su pequeña princesa, pero el caso es que su relación conmigo era una manera de actuar bajo cuerda en relación a su propia austeridad autoimpuesta. Estoy viéndolo ahora. La conexión mental que se produce al ver a Nicolae metido como uno más en mi círculo más cercano, ha hecho saltar una vez más la liebre, y vuelvo a ver la realidad de una forma distinta...

XXI

Aún tengo resaca y no ha sido el vino. No soy capaz de conciliar el sueño. No dejo de pensar en cómo se ha instalado Nicolae en la vida de todos, así, sin comerlo ni beberlo. No entiendo el empeño de mamá en meterle en mi círculo y no en el suyo. ¿¡Pero por qué quería tener esa cena!? Ha sido todo tan raro que tardaré varios días en procesarlo. La comida estaba deliciosa. He de reconocer que Nicolae tiene mano para la cocina (y para las mujeres, claro, visto cómo tiene a mi madre...) Es curioso, por cierto, no se rozaron en ningún momento. Esperaba que mamá sacara su vena más ligera y le abrazase o le pusiera ojillos. Pero no, no hubo nada de eso, más bien estuvieron asépticos entre ellos. Después del intento de Ricardo para que nos contaran con pelos y señales sus planes de viaje, no volvieron a ser el foco de atención hasta que mamá se levantó de su silla y dijo que quería compartir algo con todos nosotros. Ella dijo «vosotros» y yo me quedé en esa palabra como si fuera mi salón de peluquería o mi casa. Me resulta demasiado extraño verme metida en un círculo con mi madre más grande que la suma de dos. No puedo sentirme igual a nadie en relación a ella, y eso de *«compartir con vosotros» y* encontrarme dentro de un «otros» frente a mamá, me ha dejado el cuerpo raro. Realmente muy raro.

Cuando se levantó, temí cualquier declaración de amor de las que salen en las comedias románticas en las que alguno de los amantes canta su amor delante de un centenar de personas, en plena calle, en un aeropuerto... para que enseguida todos aplaudan rendidos ante la confesión; uno de esos clichés sobre la persona con la que has soñado toda la vida, que algunos repiten varias veces a lo largo de su carrera romántica. O llámalo trayectoria, o recorrido, o ¡qué sé yo!; a veces parece que la conquista del amor perfecto es una competición por etapas, y el encuentro con cada nuevo amante la mismísima meta. Así es que me metí bajo el plato de *sarmale* (que es un guiso de carne picada envuelta en hojas de col típico de Rumanía) que mamá no probó para ser fiel a su dieta, y esperé que soltara un discurso sobre el amor de esos que tanto detesto. (¡Guau! Esto ha debido salir del centro de mi estómago patas-arriba. Casi lo lamento porque a una se la conoce por sus declaraciones, pero no voy a borrarlo ahora; prefiero decir que la palabra «detesto» lleva comillas, que sólo es una forma de hablar...)

En lugar de declararnos su amor, mamá sólo habló de «nosotros», mi círculo de amigos, y dijo que nos quería profundamente, que éramos cuatro hijos, uno un pelín más reciente, Ricardo, y que los cuatro la hacíamos feliz así unidos, llenos de afecto. Aquello me hizo llorar. Camila vino a abrazarme y se quedó sentada en el brazo del sofá el resto de la noche, acariciándome el pelo... Mamá tiene razón: no tengo familia cercana, pero mis tres amigos son las nuevas tres patas de mi tablero cojo. Después están Elena y algunos buenos conocidos con los que comparto pequeñas cosas que aderezan mi mundo pero que no son mi mundo. Con ellos, con mis tres patas de mesa que ya empieza a sentir equilibrio, lo que comparto es mi vida, mis inquietudes, mis miedos y mis momentos más íntimos... Es con ellos con quienes hablo de la extrañeza en la que me tiene sumida mi madre, y ella lo sabe y me llama profundamente la atención este lugar en el que se ha colocado, a cierta distancia de mis emociones, y que hace énfasis precisamente en lo que me dan ellos, que es justo lo que de ella echo en falta.

Después de la declaración un tanto bizarra sobre esta maternidad múltiple con la que ahora se identifica mi madre, cogió el petate y nos dejó solos. ¡Pero a los cinco! Cuatro retoños ya creciditos y Nicolae, el rumano de mi generación que sale con ella. Dijo que necesitaba retirarse un rato, que nos dejaba solos para que charláramos de «nuestras cosas», y a mí se me quedaron los ojos como platos con lo de las cosas comunes... Porque, ¡vamos a ver! ¿No tendrá Nicolae más en común con ella que con los cuatro juntos? Vale que con Camila tiene una relación laboral y que diseñan los injertos y deciden dónde hay que meter la tijera para hacer los muñones ésos de donde luego salen ramas hasta que la cosa parezca un árbol... pero no creo que a eso se le pueda llamar nada realmente común, nada que pueda ser «nuestras cosas» en medio de una velada donde lo común desde luego no se nutre de fotosíntesis. El caso es que nos dio un beso a todos salvo a Nicolae, a quien le puso la mano en el hombro, y nos dejó allí a los cinco. Después ya no volvió más. Una hora más tarde, Ricardo le dijo a Ogóst que ya era hora de volver a casa y se levantó del suelo donde había estado tumbado casi toda la noche.

–No te preocupes, Maca, dale un beso a Marisa –dijo mientras besaba dos veces a Nicolae, en uno y otro lado del rostro, y le recodaba su promesa de cocinar un día en su casa.

–El mismo menú –enfatizó– estaba todo riquísimo.

–Claro, Augusto, cuenta con ello –respondió Nicolae, que por arte de mamá Marisa, estaba repentinamente y sin que yo pudiera hacer nada para evitarlo, integrado como uno más de los míos... Ahora no sé dónde está ni a qué corresponde, pero el caso es que cuando al cabo de un par de minutos fui a ver qué pasaba con mi madre, que se había retirado a la habitación de invitados y no había vuelto a dar señales de vida, Nicolae dijo que también se marchaba... Me miró con ojos de pena y volvió a inclinarse sobre mi mano.

Esa mirada me ha tenido agitada toda la noche. Son ya las cuatro y cuarenta y siete minutos y todavía no he podido pegar ojo. ¡Parece mentira que una mirada pueda meterse con una en la cama y quitarle hasta la almohada! En realidad eso no es literal, pero he sentido demasiados «como si...» desde que llegué a casa deseando conciliar el sueño y olvidarme de todo... Como si me hubieran cambiado mi almohada de viscoelástica por un cojín gordo que me tiene el cuello retorcido, la barbilla pegada al esternón y los hombros levitando a un palmo del colchón. Como si nada tuviera sentido, ni el viaje de mamá, ni la cena, ni ellos dos juntos. Como si mi madre fuera tonta y se hubiera enamorado de un hombre que miró dos veces con los mismos ojos... ¡Esto no tiene sentido! Son ojos de rendición, de reo, de condenado... Ojos que parecen llorar, estar al fondo de un túnel, asustarse y a la vez salir a batallar de nuevo. Son ojos que conocen la derrota y también la conquista, y que aceptan ambas con la misma entrega... Son ojos de entrega. ¿Pero de entrega a qué?

No había visto nunca los ojos de Nicolae. De hecho, no le había mirado jamás, mirado como se miran las cosas para verlas del todo. ¿Son ojos de exilio, de apátrida, de guerra fría, de haber matado...? Nicolae mató a un hombre, eso lo sé desde que llegó al vivero. Camila me contó con detalle la historia de su jardinero nuevo, lo que él mismo le contó cuando llegó allí para pedir trabajo.

–Lo que voy a decirle no es nada bueno, señorita –le dijo al entrar por la puerta... Y con eso y poco más se ganó a Camila como se ha ganado a mi madre. Solo que con mamá cruza más que la puerta.

Ahora que lo pienso, me gustaría preguntarle al bonsái qué opina de Nicolae. Al verlo tan mustio, me dieron ganas de decirle a mamá que ésa no es manera de cuidar nada que sea uno mismo... Si está menos verde, menos frondoso y menos risueño (que es como dice Camila que se ponen las hojas cuando la planta está sana), es evidente que algo le pasa. Y dado que la novedad en la vida de mamá es precisamente un experto en jardines, todo apunta a que al bonsái no le gusta Ceaucescu por mucha mano que tenga con las plantas. El alma de mamá no está de acuerdo con esta historia de telenovela que se han inventado.

Me gustaría dejar de pensar en ese hombre ahora mismo. Acaba de venirme la imagen de sus ojos y he sentido un escalofrío, como si estuvieran en medio de la oscuridad mirándome fijamente... ¡Dormir! ¡Dormir! ¡¡Necesito dormir!!

Mamá me acariciaría el cabello y diría que el sueño tan sólo es un ángel caído de la noche como un velo blanco... Eso decía cuando era niña y me desvelaba... Mamá llegaba con una linterna que irradiaba una débil luz blanca y me contaba siempre la misma historia: había un ángel para cada cosa, para cada momento del día, para cada peligro, para cada miedo... El ángel de la noche brillaba como la luz de aquella linterna, y se dejaba caer como un velo blanco, posándose sobre los párpados, que trataban de contener el peso y mantenerse abiertos, hasta que al fin caían rendidos y se cerraban hasta la llegada del alba. Y era al amanecer cuando el ángel de la noche retiraba su manto y los párpados volvían a abrirse como dos puertas para que las pupilas pudieran ver el mundo.

Reconozco que me hubiera quedado en el cuento, en la noche como la narraba mi madre y en el murmullo de su voz detrás de la linterna, que ocultaba en parte su rostro y le daba cierto misterio a todo aquel teatro, que había ido aderezando con sonidos de alas al viento y onomatopeyas de párpados que se resistían, que se cerraban de pronto y que se abrían por fin lentamente. Cuando dejó de venir, hubo una etapa en la que no sentí nada en relación a la noche. Después, en algún momento más o menos cercano a mi huida con Max, creí que el abrazo de un hombre debía llegar para sustituir aquella sensación de confort a la que sólo quieres rendirte. Un abrazo y una mirada cómplice, profunda... totalmente entregada.

Lo que ahora me abraza no es el velo del ángel, ni la voz de mamá (salvo cuando me llama para decir muy pocas cosas sólo porque le gusta oírme antes de irse a dormir), sino un gato flaquísimo y deliciosamente suave que ronronea mientras se acaricia en mis piernas, y va y viene lentamente y después se tumba formando un ovillo que no deshace hasta que la primera luz de amanecer se cuela tímidamente por la ventana. Rugoso es mi compañero de noche, entregado a mí, solo que de otra manera...

Ya lo sé. No es normal que a cada instante Nicolae vuelva y que ahora sea en forma de lazo que une sus ojos al recuerdo de abrazo que el tiempo ha convertido en ausencia. Esa mirada no es mía ni tiene por qué acomodarse en el fondo de mi retina a donde no debió llegar nunca. Es una mirada que le pertenece a mi madre pero que por algún motivo vino a encontrarse conmigo dos veces en la misma velada. Y ahora resulta que vuelve, se va pero vuelve con toda la intensidad de quien mira con intención, de quien sabe qué mira y por qué. No quiero darle vueltas a un hecho que me parece absurdo. Me cuesta aceptarlo como una especie de novio para mamá, pero ni por lo más remoto se me ocurre que yo... que él y yo... que él haya... ¡Qué absurda es la mente! Ahora sólo quiero que mamá disfrute lo que le toque, que se marche a ese viaje y quedarme yo al margen cuidando a mi trepadora que no sé qué migas hará con el bonsái de mi madre. Puede que a la vuelta de su viaje romántico Nicolae ya no esté y toda esta rareza sea sólo un sueño que ha pasado de largo.

XXII

La noche ha sido más bien tonta. Me he levantado pensando en el jardín que tengo ahora en casa, yo que nunca he mirado las plantas con demasiado entusiasmo. Anoche dejé el bonsái de mamá junto a mi trepadora, y mi primer pensamiento ha sido para ellos dos; me preguntaba qué tal habrían dormido. Le propuse a mamá ir diariamente a su casa pero ella insistió en que lo trajera a la mía para que no estuviera tan solo, que su bonsái necesita mucho contacto humano... Camila nos ha hecho creer a todos que las plantas sienten de tal modo que hay que cuidarlas como a las mascotas, así es que tiene al barrio revolucionado para atender a todas las necesidades de vitaminas, poda, trasplante, luz, compañía, temperatura y música ambiental. De todos, la más aplicada con diferencia es Leonor. En realidad quiere vivir muchos años -eso dice-, y por eso va a ver a Camila tanto como a su médico de cabecera; quiere ponerle remedio a todo antes de que se desencadene lo inevitable. Quiere marcharse plácida y sana. Ésas son sus palabras.

Me parece estremecedor cómo habla Leonor de la vida y la muerte, como si tuviera una mano sosteniendo cada una de ellas. No teme morir, pero quiere quedarse más tiempo. Incluso dice haberse acostumbrado a que los que se vayan sean los demás, de manera que ya no sufre ni duelos. Lo cuenta con su gracia de madrileña adoptiva que ha traído el deje de alguna otra parte: «*ipueh adióh!, y le hago asín con la mano como la que dice itira pa`lante!*»

Hay que vivir mucho, en años y también en esperanzas y despedidas, para decir este tipo de cosas, para que a una no le importe un comino que hoy estés aquí pero mañana no, para tomarse a guasa que las vecinas la hayan ido «palmando» (lo dice con esa indolencia) y que cualquier día te tocará «estirar la pata» a ti también, pero entretanto sigues haciendo cosillas, respirando el aire y cuidando del «jodío calamidad».

Leonor tiene esa mezcla de realidad cruda, sensibilidad y mofa que tanto me gustan pero que no sé emular. Yo tiendo a tomarme la vida en serio, a pasar por todo con tanta profundidad, que es más que posible –como me dijo Leonor en una ocasión– que nunca haya visto la superficie... Ese día, y no hace tanto, me tuvo dándole vueltas a la metáfora, viendo una realidad que me llenó de preguntas. Claro que Leonor es una gran maestra del doble y triple sentido. En su blog, uno de los motivos por los que no quiere irse aún, un libro con las pastas siempre abiertas que siguen casi dos mil lectores, que ella misma alaba junto a otras bondades de este bello principio de siglo, Leonor describe con metáforas –muchas disparatadas y siempre cargadas de humor– la evolución de todo en cien años, no de soledad -aunque tiende a jugar con el texto de García Márquez viendo la sociedad como un pueblo aislado de su propio recuerdo-, sino de esperanza.

Todas las entradas comienzan diciendo lo mismo: «no tengo cien años, pero he vivido lo suficiente como para saber que lo que conservamos es la esperanza. Ahora bien...» y es aquí donde arrancan las páginas, que son como pequeños capítulos de un libro desde el cual ella observa el presente y recuerda el pasado; una atalaya donde a veces también evoca un futuro que sí sabe que no verá, «¡pero a quién le importa eso cuando al fin ha estirado la pata!» Y así nos recuerda, a quienes la seguimos, lo inútil que es pensar en mañana, algo que yo hago todo el tiempo.

Pero volviendo a la superficie, y después de la disparatada sucesión de acontecimientos de la cena de ayer, me pregunto cuánto he podido perderme si, como me sugirió aquel día Leonor, no he visto nunca la cara exterior de la vida. Jamás me ha interesado lo que está fuera, ni de las personas ni de las circunstancias; siempre he querido mirar más allá. ¡Me fascinan las metáforas que cambian la perspectiva total de las cosas! Tal vez sea porque sólo me siento capaz de construirlas cuando el ingrediente principal es el pelo y eso me muestra los límites de mi percepción esencial de la vida. Y aunque la morfología del cabello es tan válida como cualquier otra cosa para buscar símiles, a veces pienso que tal vez mi madre esté en lo cierto cuando dice que ya tengo pelos suficientes para mi exposición: «¡Acaba ya de una vez e inicia otra cosa!» Empiezo a entender, con esto de la profundidad y la superficie y mi propia idea de unir algo tan externo como el cabello con la idiosincrasia profunda de mis personajes, que ahí radica esta confusión que reina entre mamá y yo.

Por ejemplo, a mamá nunca le gustó Max. Durante años no presté atención a su opinión acerca de nada, así es que tuve que descubrirlo yo sola. ¡Y vaya si lo descubrí! Es realmente curioso que yo terminara con un hombre como él. Es curioso también –para ser más precisa puedo llamarlo anacrónico– que para entonces mamá me llamara a profundizar en las cosas y después sólo me haya llamado a mandarlo todo al carajo para vivir sin más. Es curioso que tuviera razón al definirle como un personaje «hueco». Y digo que es curioso porque creí haberlo buscado a conciencia, y durante un tiempo le tuve en mi vida como un verdadero hallazgo. Pero cuando mi madre le describía –un pobre veleta con una chaqueta bailando sobre los hombros pero sin pecho ni estómago– se me venía a la mente la imagen de un espantapájaros golpeado por el viento con una sonrisa socarrona pintada sobre un rostro de trapo. Aquello me hacía enfurecer, odiarla todavía más.

Odiar es una palabra que hoy sabe amarga, como una almendra tóxica de esas que a veces se cuelan en el aperitivo y que nadie se pregunta de dónde ha salido. Y digo tóxica con conocimiento de causa. El sabor amargo tiene un objetivo nada liviano: alertarnos de la configuración letal de la mezcla resultante de combinar una sustancia llamada amigdalina, presente en las almendras amargas y otras tantas semillas, con la propia saliva, lo que como resultado nos da, entre otras sustancias, una interesante dosis de venenoso cianuro. Son cosas que una conoce al pasar horas en un vivero, donde, entre otras variedades silvestres, se cultivan *prunus amara* con almendras tamaño guisante, igual de amargas pero menos letales (aunque al parecer sólo debido a su tamaño). El caso es que el amargor que dejan las palabras se parece bastante al sabor repelente del benzaldehído de las almendras, y creo que la ingesta excesiva también mata, aunque más lentamente. Odiar es una palabra que sabe mal hasta en el recuerdo.

Mamá nunca ha llegado a decirme qué piensa de mí en realidad. Sé que opina que soy demasiado joven para ver la vida con tanta seriedad (ella dice que para haberme equivocado tan pronto), pero no habla de mi personalidad sino de lo que quiere que me quite de encima. Creo que quien soy no le preocupa tanto como lo que hago con mi vida. A veces solo me dice que debería tener mucho más sexo y menos cortes de pelo. Ya ni siquiera me ruborizo, pero las primeras veces que le dio por describirme escenas de entrega carnal donde la protagonista debía ser su hija, llegué a pensar que estaba realmente chiflada. Está convencida de que la cama es uno de los lugares más espirituales que existen. Ella lo llama «el sitio para romperse». ¡¡Romperse!! ¿No es increíble? Dice que hay que tener suficiente sexo como para destrozar lo que una ha sido, con toda la herencia recibida, con los amores frustrados, con la dualidad sexual, con las fantasías... Pero sobre todo hay que cargarse a la mujer con sus etiquetas. Todo lo que creemos ser no es más que una máscara que hay que romper a base de amantes a los que me invita a AMAR. Insiste en hacer grande la palabra cuando habla de cama, aunque una sepa que sólo se trata de algo esporádico. «Hacer el amor no es ninguna bobada, cariño... Somos uno. Entrégate y cierra los ojos para que quien eres realmente aflore...» «Pero mamá –le respondo– ¿de verdad crees que el sexo es tan relevante?» «-Nosotros le hemos dado esa fuerza, nena, de crear y destruir. Si no estuviéramos debajo de siglos en torno a la sexualidad, como almas bajo tierra, la búsqueda primera tal vez estaría en otro lugar…»

Mamá tiene un punto de locura que la convierte en un ser diferente a todos. Me asusta y a la vez me cuesta creer que Nicolae se esté beneficiando de esta facilidad con la que ofrece mucho más que la hospitalidad de su casa, pero al final es cosa suya. Me cuesta creerlo porque es mi madre y la quiero con una intensidad desmedida y es la primera vez que he tenido que ponerle cara a uno de sus amantes, pero también porque anoche no se respiró nada de eso; más bien parecía uno más, otro de esos «hijos» que ella llama adoptivos. Supongo que mamá habrá tenido varios amantes desde que papá nos dejó, pero nunca me ha hablado de ellos. Por eso me despista este empeño en meter al jardinero en mi círculo. Más aún, me molesta que desde ayer no sea capaz de sacarlo de mi cabeza, y todo por ese empeño en crear un *nosotros* donde ella está enfrente y Ceaucescu a mi lado. Después de todo, si se trata de romperse una misma, no es necesario darle protagonismo en la vida de otros, por muy hijos que seamos cada uno a nuestra manera. Aunque pensándolo bien, a lo mejor se ha roto ya tanto que por su culpa el bonsái tiene esta pinta horrible… Parece despeluchado. Mi trepadora se ha detenido. Ya no mira por la ventana: ha vuelto a casa. Tiene las ramas más altas medio encorvadas y las hojas de punta en mil direcciones. Parecen pinchos, o púas. El pequeño despeluchado resulta insignificante a su lado y eso que la trepadora llegó falta de todo la pobre.

Lo que me despista es esa pinta de cactus que se le ha puesto. Parece irritada, aunque no es nada personal con el pobre lampiño, eso podría jurarlo. Me resulta disparatada esta interpretación de emociones en las dos plantas que han aparecido sin comerlo ni beberlo en mi vida, pero es que de algún modo puedo leer cosas en ellas, mensajes que me dan pistas sobre mi propia irritabilidad que no termino de comprender, y sobre esta apariencia mustia del bonsái de mamá. ¿No sería razonable esperar que estuviera lleno de vitalidad y alegría de color verde esperanza, verde primavera, verde renacimiento...?

En cuanto a mí, sé que la trepadora en la que me he convertido ha sacado las uñas nada más saber quién es para mamá Nicolae, y que todo ha empeorado al vernos por primera vez fuera del vivero y no saber ninguno de los dos de qué se supone que íbamos disfrazados. Hija vestida de una cordialidad con cara de interrogante y jardinero vestido de Nicolae, que ahora es un personaje distinto, propio y sí mismo. Vuelvo a sentir que algo más ha cambiado.

XXIII

Hace unos días Néstor sólo era un tipo simpático detrás de la barra de un bar, Leo no era más que Matías, el propietario de Huno, y no había sugerido nada que invitara a cuestionarme mi relación con los hombres desde la ruptura con Max; y Nicolae no era nadie que... En realidad Nicolae no era nadie, y esto es verdaderamente asombroso tratándose de mí, que tiendo a dar manga ancha a mi alma de proletaria, acercándome precisamente a los olvidados. *Olvidados... hasta que una tragedia pone nombre a sus rostros.*

El mismo pueblo en ruinas
la misma infancia helada,
los mismos arrozales cuando todo termine
y vuelvan a olvidarse los adverbios,
el dónde, el cuándo, el nunca... El siempre del olvido...

Así termina un poema de mi amiga Elena que me taladró la carne cuando me lo dio a leer.

–¿Te gusta? –me preguntó.

–Me parte en dos –le dije– ¡Qué verdad es que olvidamos!

El día que Nicolae apareció en el vivero me sentí realmente incómoda al darle la mano. ¡Ni que decir lo calladita que se mantuvo en aquella presentación mi alma de obrera! Fui todo lo cordial que supe, pero me atrevo a asegurar que le hice sentir inferior. Por algún motivo quise dejarle lejos. Digo quise pero quiero decir que salió solo, de algún rincón aquí dentro.

Al tocarme el pecho mientras pronunciaba la palabra «dentro», he sentido un escalofrío que ha subido hacia el cuello provocándome una tiritona con su epicentro bajo la nuca. Seguro que el hipocentro está mucho más oculto, impenetrable, quizá debajo del esternón que es donde he colocado las manos al decir «dentro». A una le pasan cosas que no tienen sentido. Por ejemplo, ¿qué sentido tiene que se infiltre en tu vida la responsabilidad de darle los buenos días a una planta, y aún peor, dárselos porque esperas que le genere una buena energía que al final se dará la vuelta y vendrá con los brazos abiertos a ti? ¿No es más sensato proponerse estar bien y ya está? Hoy, por ejemplo, es uno de esos días en los que no me apetece hacer nada. Necesitaría que fuera la trepadora quien me dijera algo a mí, me diera una cariñosa palmadita en la espalda y me animara a salir a la calle con un «¡venga, vamos!».

La jornada no será larga, pero esta noche tengo una cita ineludible para ir a la presentación de un premio de novela que seguramente no leeré nunca. Soy mucho más afín al ensayo, a la experiencia real y a lo filosófico. Las historias de ficción generalmente me aburren, pero Elena es una apasionada del género y cree que hay que hacerse visible, así es que suele convocarnos a estos eventos donde luego sirven un cóctel y vas siendo afín a las caras aunque, como en mi caso, seas incapaz de ponerles nombre y menos aún títulos publicados o galardones. Eso, claro está, los que como yo hemos bebido de Tolstoi, Platón, Schopenhauer y Spinoza y tendemos a creer que todo lo ficcional quedó escrito ya en *El Quijote* y *La Ilíada*. Pero Elena no, Elena conoce los *quién* y *qué* que describen la narrativa de nuestros días. Ella es, sobre todo, contemporánea. Tímida para definir su trabajo, pero sin duda contemporánea.

Lo que a Elena le falta es confianza para desenvolverse entre los escritores más consagrados, aunque eso sólo podemos verlo quienes la conocemos un poco. Quizá sea porque tenemos información privilegiada de su miedo al fracaso, lo que nos hace poder observarla y percibir la inquietud que le provoca la posibilidad de que su intelectualidad pueda estar siendo sometida a examen. Sin embargo, sabemos que en el fondo se gusta, se conoce y, a pesar de las dudas, se elige. Lo que sucede es que también sabe cómo boicotearse, y siempre en el momento preciso, cuando todo apunta a que algo bueno puede empezar a pasarle. Entonces, o bien no acude a la cita y pone cualquier mala excusa, o muestra una faceta simplona que no le hace justicia ni a su personalidad, ni a su capacidad de diálogo, ni a su buena mano para tratar con la gente. La presión del éxito que proviene del miedo es tan fuerte que deja de ser ella misma.

Suena el teléfono móvil y me dirijo a la mesa de la cocina donde lo dejé a primera hora de esta mañana. Jon me pide disculpas pero se ha levantado resacoso y prefiere seguir en la cama. Cancela su cita con mi servicio de barbería y me da docenas de besos a través del teléfono. Dice que para arreglarle la barba siempre es mejor cuanto más profusa y que tal vez pueda buscar un hueco mañana.

–Pero no te molestes, Maquita. ¿Seguro que no?

–¡Claro que no! Anda, canalla, duerme y recupérate que la vida ahí fuera golpea, ya sabes. –Le guiño un ojo aunque no pueda verme. Él y yo sabemos de qué estamos hablando...

–¡Ja, ja, ja! No me lo recuerdes, *¡bruixa!* ¡Tú sí sabes dar en la diana!

–Je, je. Ya sabes que lo mío es el arco y la flecha.

–En serio, Maca, no te enfades conmigo... ¿Podrás abrirme un huequito mañana? Pero no me hagas madrugar, que ya sabes el mal humor con el que me levanto...

–No te preocupes, Jon. Vente a eso de las cuatro...

–¡Hecho! Eres un sol, mi niña.

La mañana se ha quedado desierta. La cita con Jon era el único compromiso antes del mediodía y ya no hay nada hasta después de las dos. Es una faena, pero sólo porque me supone comprimir las citas mañana. Algo que aprendí enseguida cuando empezaron a dejarse caer por aquí las reinas y los reyes del celuloide *made in Spain*, es que aunque me pidan disculpas al cancelar una cita con diez minutos de antelación, saben perfectamente lo que significa pagar casi 200 euros por un corte de barba.

En realidad, el caché de mi estudio es algo que se ha hecho a sí mismo. Cuando desarrollé la idea de un salón exclusivo, pensaba en una atmósfera donde sentirse en casa; no en casa sólo por el confort sino por la conexión íntima que uno tiene en muy pocos momentos porque siempre andamos corriendo y cuando no preocupados, o siquiera ocupados, pero quietos muy poco (o en según qué casos quieto no se está nunca). En definitiva quietos por dentro, que es como un estar silencioso donde flotamos. Entonces sucedió que alguien del mundo del cine se dejó caer por aquí y me dijo que si subía las tarifas hasta multiplicarlas por tres, hablaría de mi salón en su entorno. Al principio me costó entender que fuera necesario triplicar los precios para estar en esos ambientes, pero pronto me di cuenta de que hay quien necesita pagar para sentir que es, para tener coherencia con lo que representa... Es algo de verdad extravagante.

Lo cierto es que mi apuesta fue un acto de confianza. Ni siquiera conocía a aquel hombre, que vino sólo a retocarse la barba, y por eso, por el éxito que le vio a mi somera intervención en su barba, he creado un servicio exclusivo totalmente innovador en Madrid. Tal fue la contundencia con la que me dijo que me ayudaría a cambiar radicalmente el grueso de mi clientela, que me lancé a ojos cerrados y hasta aquí he llegado.

Por eso las disculpas de mis clientes son más una impostura que un verdadero «lo siento». Jon, por ejemplo, viene una vez por semana, se retoca la barba, se hace un masaje facial y se arregla las uñas. Tardamos algo más de dos horas por las que paga doscientos cincuenta euros, y se va tan feliz como le recibe Teresa, a él y a todos los que se dejan caer por aquí, que es por quienes mi asistente canturrea cada mañana.

XXIV

–¡Vaya, sí que has llegado tú tarde!

–Lo siento, Elena... ¿No te ha contado Camila...? –me vuelvo para mirar a Camila pidiéndole asilo político para mi disculpa. Ya le había dicho que llegaría tarde y que pusiera a Elena en antecedentes, sobre todo porque conozco cómo le sienta eso de que no llegues puntual a tus citas.

–Pues te has perdido la entrevista, que ha sido fantástica. ¿Verdad, Camila, que ha estado simpático y ocurrente?

Camila sólo asiente, y como conozco la efusión de la que es capaz cuando algo realmente le gusta, me arriesgo a apostar que no ha sido el caso.

–La novela está ambientada en Madrid –prosigue Elena queriendo ponerme en situación por si se da que debamos comentar la presentación en un círculo un poco más amplio–. El protagonista es un treintañero con síndrome de Peter Pan; un absoluto cliché, pero creo que muy bien sostenido porque el personaje siente un enfermizo amor por la madre que le impide estabilizar su vida con otras mujeres. Bueno, quizá la palabra enfermizo es un poco excesiva, pero a fin de cuentas algo hay enfermo en la historia, ¿me entiendes? Lo que narra es una historia de dependencia, un niño eterno...

A Elena se le ilumina la cara cuando habla de literatura. En eso somos muy parecidas, solo que nuestra inclinación por género es radicalmente distinta. Ella sostiene que lo más interesante de la literatura es el retrato de los personajes. La literatura es tan humana que lo de menos es si la historia responde a una experiencia real o es fruto de la imaginación y ya está. Incluso la consistencia de la trama es una bondad relativa para una novela. En cuanto a la creación de ambientes, puede ser un ejercicio de pragmatismo o algo pictórico, una meticulosa labor de embellecimiento de la trama que sin duda enriquece pero que siempre es secundaria.

-¿Qué quedaría de una novela si le quitas el elemento gente? -pregunta-. La persona es lo que dota la literatura de verdad, de «mundo»...

–Creo que detrás de un personaje vestido de Peter-Pan siempre tiene que haber un autor que se niega a crecer –le digo al recordar su propia teoría sobre lo esencialmente humano que encierra la narrativa.

–Tal vez, pero no necesariamente –argumenta–. Cuanto más amplia es nuestra visión de las cosas, más posiciones podemos tomar al escribir y describir una serie de comportamientos en nuestras obras.

–¿Pero no crees que al elegir determinado protagonista o una perspectiva vital muy concreta como la historia del niño grande, en el fondo hay algo del autor que reivindica su espacio?

–Pues yo diría que en general todo está más orientado al número potencial de lectores –responde Camila.

–¡Sí, sí, claro! Yo también lo creo. De hecho estoy totalmente segura de que Peter-Pan sigue vivo. ¿No habéis echado un vistazo alrededor? –pregunta con ironía mientras ladea la cabeza para sugerirnos que echemos un vistazo al corrillo que se ha formado a nuestra derecha.

–¡Ja, ja, ja, ja!

Nos reímos las tres e instintivamente miramos alrededor. Hay de todo, pero a mí se me van los ojos detrás de las barbas de varios días, los sombreros de cuadros, los fulares al cuello y los pantalones pitillo que reposan a un par de centímetros de los zapatos, todo desfasado, fuera de siglo y hecho vanguardia. Estamos rodeadas de *hipsters*. Llevan el aspecto que me atrajo de Max, y que sólo fue atractivo hasta que yo abandoné a Campanilla. He seguido saliendo con hombres de ese mismo perfil hasta no tener ganas de amor.

Nicolae camina delante de mis ojos. Pero no es Nicolae.

Ni siquiera se le parece realmente. Sólo es alguien corpulento y atractivamente vestido que me lo ha devuelto a la mente; o quizá lo ha hecho salir de algún secreto refugio donde ha estado bien escondido estas horas. Quien le ha animado a salir, la excusa para pensar en mi madre y su novio rumano, cruza la sala esquivando algunos grupos de gente y camareros que sostienen bandejas en equilibrio. Es un hombre alto con el cabello canoso, abundante y grueso; lleva unos pantalones rectos de color gris con un patrón de cuadritos pequeños y una camisa blanca. No llego a ver los zapatos pero los imagino negros, finos en la puntera, de corte italiano. No hay más. No es nadie, sólo un tonto espejismo. Por algún motivo algo se ha disparado aquí dentro y me siento expectante, miro como si alguien debiera llegar, pero no llegar a esta sala sino a mi vida.

–¡Pero Maca! Chica, estás en la inopia.

–¡Uy, sí! ¿Me he perdido algo?

–Acaba de pasar Tirso. ¿Te acuerdas de Tirso?

–¡Claro, cómo no recordarle! Por cierto, Camila, ¿dónde te has dejado a Marcos?

Mi pregunta es retórica porque sólo quiero desviar la atención por si Elena está sugiriendo que nos acerquemos a saludar a Tirso, un engreído que escribe sobre lo divino y lo humano aclarando que lo humano está ahí fuera y que lo divino evidentemente lo encarna él. O más bien lo que escribe. Reconozco que es bueno, muy bueno con las palabras. Hay quien realmente hace magia con el lenguaje y Tirso es uno de esos tipos que tiene una habilidad especial para dejar al lector con la boca abierta. Hay frases que son lapidarias y otras se quedan en ocurrentes, pero es fácil que te arranquen sonrisas o te hagan pensar seriamente sobre cuestiones que parecen triviales. Lo que pasa es que ha perdido la conexión con la tierra, se ha elevado a tal plano que camina sobre nuestras cabezas; y esto desde que le otorgaron un premio de novela negra y definieron el pensamiento de su obra como la moderna sabiduría o algo por el estilo.

Camila está muy callada. El silencio es un aliado que le conozco muy bien, así es que no me preocupa que lleve casi toda la noche observando un horizonte que aquí está solamente a cinco o seis metros, detrás de las últimas cabezas que rodean efusivamente al ínclito novelista, alabándole tal vez la genialidad de su obra, creando el marco de desarrollo para el héroe terreno, para que al salir por la puerta pise el suelo con la certeza de que son nubes, de que ha tocado al fin el Olimpo de la cultura. Más allá de todas esas cabezas no hay nada; hoy la noche está viva sólo alrededor del artista, salvo, claro está, para mi amiga Camila cuyas pupilas esquivan este momento más interesadas en el espacio blanco más allá del vano por el que hemos pasado todos para acceder a esta sala donde estaba previsto el cóctel.

Detrás del murmullo, en las paredes blancas de la sala contigua, sólo hay un cuadro inmenso de Antonio López. Con él se cierra el espacio que por algún motivo se ha quedado vacío a pesar de estar previsto para distender la tertulia durante el cóctel y crear dos ambientes. Hay sillones cuadrados y varias mesitas redondas que invitan a una relajada charla. Todo es neutro, buscando el minimalismo que centra la atención en muy pocas piezas, y que bien las utiliza como vehículo de expresión para comunicar una idea de variada complejidad que con frecuencia se repite de una a otra pieza como un rondó, o bien busca una expresión al azar bajo una temática que pretende ser común, como el homenaje a un color preferente o al arco iris completo. En la decoración de espacios abiertos al público a veces no se celebra mucho más que una combinación cromática más o menos armoniosa o equilibrada (a veces en realidad estridente). Las obras de arte no están elegidas tanto para alabar una época o a un creador, como por el impacto visual que causan sobre una pared desnuda como la que ocupa la majestuosa obra de López. El arte es impacto.

Observado con cierta actitud crítica, el cuadro es el principio y fin de una escena sin hilo conductor con la escena creada en la propia sala; por eso la pintura es perfecta y no así tanto el vacío que no parece silencio sino desnudo frío. Le falta argumento. El lienzo lo ha dicho todo, el realismo es por antonomasia la potencialidad de contar sin dejar agujeros; una calle donde hay o no transeúntes bajo el sol de otoño, o bajo una lluvia fresca que ha mojado las calles y en ellas refleja la altura de los edificios que casi siempre son grises. Y en esa ciudad, en esa calle o nudo de calles, algo que sabe a principio y a fin en la vida de alguien, de nadie, de muchos; algo que no es un estar de paso sino más bien un ser: la pobreza, o la alegría, o la soledad, o el amor. ¿Es el realismo la captura de un solo momento o la narración de lo permanente, de lo que no es estrictamente ahora, no pudiendo por tanto convertirse en pasado, sino cada instante? Con la pintura siento el total de la vida concentrado en una pequeña instantánea, un presente que nunca pasa, que no lleva la vista hacia atrás. Nunca somos tanto una excusa para mostrar lo imperecedero como cuando somos retrato, niño con botas de agua sobre los charcos, o mujer mendigando en las aceras huecas que se hacen caja de resonancia para la opresiva soledad de los indigentes. Si el artista viera a la mujer o al niño, no habría obra de arte porque se movería con ellos. Lo que ve el artista –como dijo Camila– es lo que está más allá.

XXV

Amar es vivir desnuda. Es una inspiración que ha amanecido conmigo, junto a mi almohada, como si hubiera pasado toda la noche a mi lado. Tengo la sensación de llevar siglos enfundada bajo un vestido grueso que no me ha dejado sentir el aire cálido sobre la piel. La noto fría. He sudado toda la noche; he soñado con brazos alrededor de mi cuerpo y con el temor. El miedo vestido también de mí misma. He soñado con pupilas jugando a encuentros casuales, haciéndose las despistadas, y enseguida he visto labios y he escuchado susurros que se infiltraban en mi cerebro y localizaban su punto débil, y entonces daban la voz de aviso a todo un ejército de palabras llenas de amor y erotismo; una munición peligrosa. ¡Qué miedo a sentir, a dejarme llevar! He subido a lomos de un bellísimo caballo blanco, he agarrado la crin con fuerza entre mis dos manos y hemos cabalgado juntos por un campo verde bajo un chirimiri fresco, liviano, acertado antídoto del calor. He creído ser una hoguera bajo la lluvia, una llama en lo alto del lomo níveo de mi corcel. Ha sido entonces cuando he sentido sus brazos alrededor de mi cuerpo... «Cierra los ojos», ha dicho, «confía en mí». He soltado las manos y he aflojado la espalda, mis caderas han comenzado a bailar sobre el lomo desnudo del bello animal entregado a un galope demasiado próximo a la locura como para no saber ya con certeza que hay que estar loco para ser de verdad; no es posible galopar ni tampoco ser entre las fronteras de ningún cercado. He cerrado los ojos y me he entregado a él, a todo él; el loco encuentro con mi propia verdad.

Al despertar estaba envuelta en sudor. He necesitado una ducha fría para volver a mí. A mi cordura de siempre, quiero decir. Ahora estoy en el traje de todos los días aunque me sobra. La cotidianidad del vestido me sabe extraña.

Quiero quitármelo y estar desnuda, pero no tengo claro por qué. Lo único que ha cambiado en mi vida es que mamá se ha marchado a un viaje que nada tiene que ver conmigo pero que lo ha cambiado todo. Es como si hubiera planificado una metamorfosis completa para mi acartonada existencia, como si hubiera dicho «¡ahí te quedas!» con la intención, no de marcharse para vivir ella, sino para que quien viva sea yo. ¡Parece una verdadera locura! Tengo la sensación de que Nicolae no se ha marchado con ella. Es más que una sensación; puedo llamarlo... ¿certeza? El aroma de su perfume rezuma en el aire aún denso de mi dormitorio. La atmósfera pesa como si nos hubiéramos entregado a una noche de amor caníbal, como si nos hubiéramos devorado. He dejado la piel entre las sábanas de lino blanco y ahora llevo un vestido de seda sobre la carne abierta, viva como nunca antes.

Toda yo huelo a él; el jardinero de Camila que no ha podido ser amante de mi madre sino tal vez... tal vez no sé. Es la mayor locura que ha circulado por mi cabeza. Si fuera una avenida de este Madrid conocido, toda esta historia sería un Ferrari a 200 en plena hora punta en la Castellana. Imagino el tráfico denso y autoidéntico, y ahí va la locura pintada de rojo fuego, asientos de cuero negro y motor de 300 caballos de potencia para ponerse por montera el orden circulatorio, las luces rojas de los semáforos y los pasos de cebra atestados de viandantes con el rostro tan gris como el propio asfalto. ¡Bienvenida sea la sinrazón! ¡Vivamos una apasionada cita con el absurdo! Si papá levantara la cabeza, me diría que mi librepensamiento es para darlo al mundo, sí, para creer de verdad, para tener ideales, pero que en temas como el amor uno se entiende mejor con los de su clase y que esto nunca fue una cuestión de dinero sino de intelecto. Ya sabes, Maca, lo que creo yo del dinero -diría- que siempre apesta. Pero desgraciadamente también el dinero ayuda a hacer cosas... Claro, papá, todo menos amar a alguien que no ha sido nadie,

¿no es cierto? Si papá levantara la cabeza para recordarme que debo seguir buscando el amor en alguien que haya leído por lo menos a Dostoyevski, me daría cuenta de que la síntesis vital de papá fue mentira, de que me legó una colección de valores llenos de contradicciones. Me daría cuenta de que ansiaba el éxito social tanto como lo rechazaba, y de que aquello fue lo que paralizó su cuerpo, cuando las piernas no supieron para dónde tirar. Me daría cuenta de que mamá le amó hasta con las piernas quietas como si se hubieran callado de pronto después de haber peleado la una con la otra tanto como ellos dos. El cuerpo nos habla así, quedándose quieto, mudo, ciego o tonto. Haberlo tenido todo y no haber buscado su profunda verdad es el detonante de una bomba de relojería que hace estallar por los aires todo lo que no sea flexible, flojo como la Naturaleza, que simplemente se deja en manos del devenir. Si mi teoría recién alumbrada es cierta, mi madre ha amado a mi padre hasta la incoherencia, hasta la propia muerte o la enfermedad. Su cuerpo entonces...

Acabo de sentir un vuelco en la boca de la garganta. Me he quedado sin habla. Un grito ahogado me recorre el esternón hasta llegar a la altura de la laringe y ahí se detiene asomado al abismo, después se lanza en picado y cae derrumbándose sobre el pecho para volver a subir. La cabeza se me ha llenado de imágenes. El bonsái flota lacio en el líquido amniótico que protege todo lo que bulle en mi mente, al lado de las hojas de pincho de la trepadora, del maullido nocturno del gato, del ring del teléfono a media noche, de su voz que ahora solo puede parecerme ahogada y de los ojos mohínos de un hombre que no puede ser su amante porque el amor de mamá se detuvo junto a mi padre, y sé, ahora ya con profunda e inspirada certeza, que amar así solo es posible una vez.

Temo estar llegando tarde y tampoco sé a dónde. Cojo el teléfono y marco el número de Marisa, seis siete seis ocho ocho nueve cuatro cuarenta y seis. Silencio. «El número al que usted llama está apagado o fuera de cobertura, por favor, inténtelo de nuevo más tarde». Seis siete seis ocho ocho nueve cuatro cuarenta y seis. Silencio. «El número al que usted llama...».

Mamá está desconectada. Según mis cálculos, si ha salido anoche como estaba previsto, a estas horas ha podido desembarcar ya en Australia, que se me ocurre el lugar más alejado de casa. De mi madre cabe esperar cualquier cosa. Corro de un lado a otro como si el salón fuera a llevarme a alguna otra parte que no es esta casa donde me siento ahogada. Suena la puerta y siento los pies de Teresa sobre la madera, ligeros como si levitaran.

–¡Mamá no está bien! –le digo echándome sobre sus brazos y pidiéndole auxilio, como si la pobre pudiera hacer algo. Teresa me abraza y me acaricia el cabello. Lloro y no sé por qué, no tengo datos, sólo una intuición que me vence, que se hace conmigo y me aplasta literalmente el pecho.

Teresa no dice nada. No pregunta qué le pasa a mi madre, sólo me abraza. Aunque quisiera, solo podría decirle que el bonsái es quien lo sabe todo, que mamá se ha creído tanto la verdad de las plantas que me ha dejado la compañía de su alter ego y se ha marchado a cualquier parte del mundo, no sé si a tumbarse bajo una palmera o tan solo a morir, como los viejos ancianos de las tribus indígenas, como los elefantes cuando el cansancio les puede, como las hojas cuando llega el otoño y desnuda los árboles. Va a resultar que en estos tres años no he entendido absolutamente nada, ni su deseo casi obsesivo de viajar juntas, ni su reclamo constante a vivir con apasionamiento mi vida, a dejarme de coleccionar pelos y pasar a la acción. No sé desde cuando, pero el cuerpo de mamá se ha enfermado y ella ha intentado ocultármelo.

–¿Le hago té? –pregunta Teresa sin retirar la mano que delicadamente me acaricia el cabello.

–Gracias, Teresa –respondo incorporándome mientras

trato de pensar qué debo hacer ahora. Me acaricia la espalda y se retira despacio, como hace generalmente todo, sumida en un silencio que nunca he agradecido tanto. Cojo nuevamente el teléfono y busco el nombre de Camila en la agenda.

–Maca, querida, estaba a punto de llamarte después de...

–¿Qué sabes del bonsái de mamá, Camila? –Se hace un silencio que puedo tocar con las manos, sentir como una presencia a mi lado, observar como un lienzo en blanco...

–Creo que es mejor que nos veamos –responde únicamente.

XXVI

Camila lo sabía todo. Cuando papá estaba enfermo mamá también enfermó, así es que le cortaron un pecho, no enseguida sino cuando él murió, y le pusieron un trozo de gomaespuma bajo la copa del sostén para que no se notara.

¿Qué puede pensar una cuando descubre que su madre es una completa desconocida? Acabo de saber por Camila que se ha marchado sola pero nadie sabe dónde se ha ido, que lleva varios años enferma de cáncer, un cáncer que ha venido devorando su salud lentamente, riéndose a mis espaldas mientras ella lo miraba de frente, que todo su miedo a morir se resume en un temor bien fundado a dejarme aquí sola porque sabe que una parte de mí no ha podido hacerse mayor y sigue agarrándole las caderas como cuando era niña, abrazada a un mástil que no caerá nunca, que no se hundirá en el océano aunque la quilla del barco zozobre. Mi madre teme morir porque me matará de pena, me ahogaré como un polizón que viaja sin billete en un barco del que no es pasajero. Pero aún así se ha marchado...

Camila lo sabía todo y ahora sólo tengo preguntas. Otras cosas sin embargo se han ordenado en mi mente, y aunque no puedo entender que se haya ido sin más, al menos empiezo a ver un hilo coherente que une todo lo que sé de mi madre. Mamá siempre pensó que la alegría era un seguro de vida. Le dijo a Camila que si ambos habían enfermado a la vez era porque ambos habían compartido también la misma amargura, y que era el momento de vivir para mí y para sí misma también; que aquel día, una semana después de que muriera papá, despedía para siempre el amor al hombre y recibía por primera vez el amor a la vida. Pero entonces, casi tres años más tarde, vio caer las primeras hojas de su bonsái y fue en ese preciso momento cuando llamó a Camila para contárselo todo.

—Lo sé desde hace algunas semanas, Maca —añade Camila—. Siempre pensé que todo estaba bien... De hecho, eligió la planta más frondosa y vital de la tienda, créeme; nada hacía sospechar que estuviera...

No quiero oír la palabra. No quiero que se siente aquí, con nosotras, y departa como una más. La realidad es con frecuencia distinta a lo que uno había imaginado, pero no tan distinta, tan distante además, tan fría que al mirarte a los ojos sólo puedes sentirla lejos. Ésta es una realidad inventada como una novela, un argumento que no reconozco, que no quiero en mi vida, que agarro porque por el momento es todo lo que tengo de ella, pero que también quiero arrancarme. No puedo contemplar todo esto como si no fuera conmigo. ¡Por Dios, es mi madre!

Al llorar, Camila se levanta de su silla y viene corriendo a abrazarme.

—Creo que lo que pretendía tu madre es que aprendieras a mirar bien las cosas —dice de pronto; la miro sin estar segura de lo que quiere decirme—. Hablo de Nicolae, Maca... Y también del bonsái. Supongo que quiso que te lo llevaras a casa...

—¿Qué tiene que ver Nicolae?

—Bueno, lleva meses enamorado de ti, pero tú nunca le hubieras visto.

—¡Espera, espera! ¿Qué es esto? ¿Quieres decir que mamá...? ¿Que ellos dos...? ¿Habéis estado tomándome el pelo?

—Si, Maca, puedes llamarlo de ese modo si quieres. Pero la intención de tu madre cuando lo ideó todo...

—¿¡Idear!? ¿Pero estás hablándome en serio?

—Sólo se le ocurrió un modo de ayudarte a verle. ¡Vamos, Maca, tiene hasta gracia!

—¿¡Gracia!? ¿Qué parte según tú tiene gracia?

—Tenía prisa, Maca. Tu madre está dejándote lo que puede.

–¿Qué quieres decir?

–Está muriéndose, Maca.

Acaba de caerse el telón. La niebla se ha posado sobre el techo de la ciudad. El invierno ha llegado de pronto, no como una estación, sino como un velo negro que pone mi vida de luto. ¿Dónde está? ¿Dónde está? Es cierto entonces que se ha marchado como los elefantes, sola hacia el interior seco de la sabana, a recorrer un camino que no conoce pero que sabrá hacer. Mamá tiene la memoria de algo que no ha vivido, algo que ya no se lleva, que nadie hace: irse a morir a otra parte con la dignidad de los elefantes viejos. Quedar atrás es quedar sin consuelo. ¿Qué parte no has entendido, mamá? Es una pregunta que no tiene sentido pero que no se agota. Debería prohibirse la muerte hasta que se comprende, porque en este momento yo no la entiendo, como tampoco entiendo que ella se haya marchado dejándome atrás.

Camila guarda silencio mientras acaricia mis manos. Siento un leve consuelo al contacto de sus dedos sobre mi piel. Trato de imaginar en qué consiste mi vida a partir de ahora, si he de seguir trabajando en mi negocio de siempre, si debo esperar que me llame para decirme que aún está bien, si lloraré abrazada al sátrapa de cuero naranja que me obligó a comprar para que iluminara el salón, si buscaré lugares imposibles dentro de un mapa tratando de averiguar dónde ha ido, o si rezaré mirando el bonsái, pidiéndole a mi trepadora que transforme las púas en hojas suaves y le acune con ellas durante toda la noche, todas las noches y días hasta que despierte de esto que sólo puede ser un mal sueño.

XXVII

A todas horas se acaba la misma vida que empieza, y a todas horas lo hace con idéntica indiferencia; las mañanas sin embargo, ponen en lo cotidiano una nota de inicio que sabe a esperanza... Madrid sigue tan vital como ayer, aunque se ha levantado algo menos risueña. Hay quien se dirige al trabajo, quien desayuna, quien saca al perro, quien lleva al colegio a los niños, quien sirve café, quien riega las plantas, quien toca el claxon, quien abre el cierre de alguna tienda, quien ha pasado la noche en vela, quien dormita en un banco de alguna plaza, quien no tiene hogar, quien mendiga, quien habla de amor, quien besa, quien va en bicicleta, quien no sale nunca de casa, quien pinta un cuadro, quien juega en bolsa, quien escribe unos versos, quien busca noticias, quien vende periódicos, quien barre las calles y quien solo contempla y respira.

No he sabido nada de mamá en estos días, pero me mantengo tranquila. Ahora soy alguien que ha decidido contemplar la existencia hasta estar segura de cuál es el siguiente paso que quiero dar en mi vida. Y es todo un logro. Nunca antes había sentido la caricia del aire al respirar lentamente, consciente del paso lento a través del abdomen y los pulmones. No había degustado los colores del amanecer con este apetito, con estas ganas de saborear la existencia sabiéndome en ella.

Sé que mi madre no ha muerto porque el bonsái vuelve a tener ganas de vida. Se ha agarrado al tronco de la trepadora y ahora es ella quien pisa fuerte y pone una rama y después otra sobre la pared del salón con intención de llegar hasta el techo. El bonsái va detrás y respira su aliento como si fuera la savia que le mantiene con vida. Yo los contemplo sin obsesión pero con mil cuidados. He dejado de mirar el mapa porque sé que mi puesto está aquí, al lado de las dos plantas que mamá ha querido dejar a mi cargo; no podría marcharme sin poner en grave peligro la salud de mi madre, que ahora depende más que nunca de mí, de que comprenda con esa mirada profunda que le hace falta a la vida; por eso me ha dado su confianza dejándome sola al cuidado de todo. A ella le toca buscar una ruta de regreso a casa que comienza donde haya quedado algún poso de insatisfacción, dolor, amargura o tristeza. Ése fue el inicio del cáncer y ella lo sabe. Pero la esencia de mamá está contenida también en ese pequeño bonsái de hojas ovales y tallo nudoso, corcovado pero a la vez recio. Ayer le amanecieron dos yemas de un verde clarísimo, casi rubio, y al verlas reí a carcajadas como si estuviera totalmente loca. Teresa vino al salón, encogió esos dos hombros de cuerpo menudo y fibroso, y después se marchó como siempre a sus cosas...

De Nicolae no sé nada salvo que ha dejado el vivero. No hemos llegado a hablar, ni he oído de sus labios que en realidad me ha amado desde que me vio sentada bajo la pérgola una tarde a principios de primavera. Sabe que no es momento para nosotros, pero que si la vida nos deja y a su debido tiempo, existirá un nosotros.

Me queda mi gato, que ronronea mientras da vueltas alrededor de mis pies luciendo con orgullo un collar plateado del que pende una plaquita con forma de raspa donde por fin pone... *Rugoso.*

Fin

Olga Casado

Se podría decir que Olga Casado lleva incorporado en sus genes el virus de la escritura. Es nieta de la poetisa Nélida Casado, y ha respirado literatura desde la infancia. Se licenció en filología inglesa y más tarde estudió un master internacional en marketing y orientó su carrera profesional hacia el mundo de la empresa. Escribe porque la vida está llena de historias que a uno le hacen vibrar si alguien sabe contarlas. Ese es para ella el sentido de la escritura, hacernos vibrar, movernos el alma.

Desde hace años se dedica profesionalmente al *coaching*, después de haber transitado por mil y un escenarios en este teatro apasionante que es la vida. Cada instante es para ella una inspiración asombrosa que puede mover los cimientos y llevarnos hasta la cima de cualquier sueño.

KOLIMA
BOOKS

www.ingramcontent.com/pod-product-compliance
Lightning Source LLC
LaVergne TN
LVHW010430230826
846092LV00009BA/1112

* 9 7 8 8 4 1 6 3 6 4 4 7 3 *